De dónde viene la costumbre

DE DÓNDE VIENE LA COSTUMBRE

MARIE GOUIRIC

PLASSON & BARTLEBOOM

PRIMERA EDICIÓN EN PLASSON E BARTLEBOOM: septiembre de 2025
PRIMERA EDICIÓN EN ARGENTINA: septiembre de 2019

© del texto, Marie Gouiric, 2025
© Plasson e Bartleboom, S. L., 2025
Calle Aldea del Fresno 29, 6ºD
28045 Madrid

ISBN: 978-84-10483-22-4
DEPÓSITO LEGAL: M-15102-2025
CÓDIGO BIC: FA
DISEÑO DE COLECCIÓN: Daniel Mira
IMAGEN DE CUBIERTA: *C #54-136 (Giorgione 19, Codex, 1964 / The Batsford Colour Book of Roses, 1962)*, Rosana Schoijett
MAQUETACIÓN: María O'Shea
CORRECCIÓN: Estela Gómez
IMPRESIÓN: Kadmos

IMPRESO EN ESPAÑA - PRINTED IN SPAIN

LA RAMA SE CORTÓ y juntas se desplomaron sobre la tierra. La rama siguió sujeta a la soga y la soga sujeta al cuello. Quien desobedeció fue el árbol que soltó la rama, y con ella la soga, y con la soga el cuerpo. Antes de desmayarse y abandonar la sequedad de la tierra, vio los yuyos moverse: un oleaje cálido y parejo con el viento suave de marzo. Cerró los ojos.

Fue su hermano quien la encontró cuando salió al patio a espantar con el rifle de aire comprimido las palomas que ensuciaban las canaletas. El padre llamó a la ambulancia. Tuvimos un problema en la familia, mi hija.

Estaba bien gracias a la rama venida a menos por el castigo del viento. Su suerte había sido la mala suerte de la ciudad, que le decían la tierra del diablo por lo seca, por lo infértil.

Lo primero que hizo el padre fue salir con un hacha a darle al árbol. Él era de nombre Ismael. Pasó horas pegándole, y apenas consiguió lastimar a la bestia de madera que comenzó a quejarse con un poco de savia y a llorar la coyuntura debajo de su corteza. Pasado el atardecer, su mujer salió al patio a pedirle que entrara, que le dejara tranquilo. Recién a la noche tarde lo venció el cansancio. Me rindo, avisó a su mujer, mañana voy a llamar que lo vengan a cortar. No lo quiero más en esta casa.

Cuando un perro muerde a su dueño, se lo lleva al medio del monte y se lo sacrifica. Sacrificio es una palabra dolorosa, desde su sonoridad ya muestra lo que acarrea. Lo que no queda en claro es quién hace el sacrificio: si el perro que muere para ya no arriesgarse a lastimar, o su dueño que lo abre de un balazo.

Llamó a la escuela. Tuvimos un problema en la familia, mi hija.

La devolvieron a la casa después de estar dos días internada, por las dudas. La diagnosticaron con depresión y le dieron tomar paroxetina de 20 mg, pregabalina de 50 mg, aripiprazol de 5 mg y clonazepam, 4 gotas antes de dormir y dos en momentos de angustia. La medicación la tenía la madre, en el ropero bajo llave. Se la daba en dosis justas todas las noches.

Las dos gotas para momentos de angustia no se las ofrecía, por falta de hacer diferencia entre momentos. Cuando sentía un apagón, pensaba: ¿Será algo como esto, será? Ante la duda, servía las dos gotas en una cuchara y se las llevaba a su propia boca como un jarabe para la tos.

Vivían en una casa de dos piezas. La de los hijos era grande, por eso la habían dividido con un ropero para que de un lado quedaran mujeres y del otro varones. En cada mitad había una cama cucheta. La hija era de nombre Melisa y gustaba más de pasar tiempo con los varones, casi de su edad pero menores, a con la Lore que era mayor que ella. Se mudaba a la cama del Manuel y dormían pies con cabezas. Hacían trueques de masajes: el Manuel a los pies de la Meli y ella a los de él. En la cama de arriba dormía el Mauro. Llegaban los tres al sueño contando cuentos que la Meli detenía en su cabeza. Historias de feudos y castillos, batallas enormes que inventaba con lo que tomaba de las películas, los libros de la escuela y lo que suponía del mundo.

Desde la dirección de la escuela, a la profesora Ester la sacaron del aula con misterio. Sentada detrás del escritorio esperaba la directora, para conversar con estas palabras: se cortó la rama, se salvó pero. Que no pierda el año.

La pregabalina adormece el sistema nervioso central, se receta para apaciguar los impulsos violentos, la ansiedad y los dolores causados por la tensión. Produce somnolencia, pérdida de memoria, fatiga y visión borrosa. La paroxetina estimula la producción de serotonina, sustancia química que produce todo bienestar y felicidad. El aripiprazol, antipsicótico, se da en dosis mínimas para reforzar la paroxetina. Por último el clonazepam, que el primer tiempo sirve como un paliativo, mientras la paroxetina comienza a trabajar su efecto.

Eran los únicos en la ciudad ventosa con ese apellido, Desbats. El resto de los Desbats vivían en el Conurbano y en San Juan. Andaría por ahí alguno suelto, también. El de la madre a los hijos no se lo habían dado. Soledad de apellido.

Había dos oportunidades de entrar bajo ese techo. La primera era por la dirección que figuraba en los documentos y daba a la calle. Una entrada que continuaba a un pasillo largo que arrojaba la vivienda al corazón de manzana. Por el fondo pasaba una vía. Ahí andaba un tren carguero que descargaba girasol en una oleaginosa. El padre hizo invento de la segunda forma: tiró abajo la pared que los separaba de la vía, puso un portón y un alambrado de red, con intención de guardar los autos. También de que los hijos pudieran jugar entre yuyos y tamariscos. Su mujer tomar mate.

Algunas noches cuando dormían, llegaba el sonido silencioso del mastodonte carguero a interrumpir el sueño a la Meli. Le gustaba el arrullo del balanceo de la bestia de metal y el silencio que dejaba al detenerse. Se despertaba y seguía durmiendo con alegría.

Ester los visitó con los trabajos prácticos y las fotocopias que Melisa iba a tener que leer en las seis horas que permanecía despierta con lucidez. La medicación le hacía sueño. Se sentaron frente a la maestra. ¿Usted la va a ayudarnos? La madre lloraba sobre la yerba del mate.

Años antes a la rama, le pidió a la madre un vestido. Fueron al centro a buscarlo, quería que fuera igual a uno que había visto en una novela en la televisión: un jumper largo a cuadritos, con el canesú debajo del pecho y bastante vuelo de la falda como para saltar y bailar. Enseguida lo encontraron en un negocio que se llamaba Chicos y costaba 35. La madre lo miró bien, lo dio vuelta, se lo midió, acarició los botones y dio las gracias al vendedor. Es mucho. Entonces entraron a la casa de telas y buscaron una parecida. Mirá, acariciala. Acarició. La madre también acarició. Suave y color ladrillo, con líneas manteca que formaban cuadrados. Compraron hilo y botones, grandes como pequeños platos, ladrillo también. La madre cosió el vestido, que parecía igual al del negocio. Todavía más lindo, pensaba la Meli cada vez que lo usaba para los cumpleaños o la iglesia.

El período de toma del clonazepam es de un mes para asegurarse que la paroxetina ya esté trabajando. El clonazepam se deja de a poco, se pasa de cuatro gotas a dos, de dos a una y de una a ninguna. Produce dependencia. La paroxetina es de mínimo un año y se retira de a poco también. Se pasa de 20 mg a 10, de 10 a 5 y de 5 a hacerla desaparecer. Si después de retirarla hay una recaída se la vuelve a tomar por dos años más y se prueba retirarla de nuevo. La pregabalina es más relajada, se la puede dejar de tomar y listo.

Cuando chicas, la Meli con su hermana vieron a unos vecinos cazar mariposas con un ramillete de rama de tamarisco. La rama del tamarisco es tan pero tan flexible que cae sobre el animal, lo atrapa entre sus hojas pero no lo lastima. Ni lo mata, ni lo deja manco. Les copiaron y pasaron toda la tarde intentándolo. Solo consiguieron pegar una. La falta de velocidad las movía despacio. Distintos los varones, llenaron un frasco. ¡Despacias, son unas despacias! Se reían. Somos buenas, no queremos lastimar.

Cuando llegó el final de la tarde, los varones dieron vuelta su frasco sobre la tierra, lo levantaron y aprovecharon el tontoneo que tenían las mariposas para pisotearlas hasta creerlas muertas. Las nenas quedaron sorpresas. Mejor despacias, y se agacharon a buscar entre los pequeños cadáveres de colores alguna sobreviviente. Una blanca aleteaba. La unieron a la de ellas, también blanca, en su tarro de dulce y corrieron hasta la casa. Entraron a la cocina, le mostraron a la madre que, brava, les mandó liberar. ¡Eso no se hace! y les dio de a coscorrones. Asustadas volvieron a las vías, el sol caía naranjo sobre los silos de chapa. Las nenas dieron vuelta el vidrio forjado y abandonaron a las dos mariposas blancas que, atontadas y moribundas, quedaron quietas sobre el pasto.

Lo mejor para Melisa sería cumplir lo mínimo de la escuela, para no perder el año, enseñó Ester. Entonces, cuando no estudiaba la madre le retaba. ¿Querés perder el año, querés perder? Y ella le hacía qué me importa con los hombros.

El padre tenía perros de caza, para ir al monte a pegar chancho jabalí. El Oso y el Lobo, que se los robaron. Un galgo, también tuvo. Un día le dieron una cachorrita. Para la cacería las hembras son más rápidas. Los hijos se peleaban por elegir nombre. Ahí que Ismael decidió hacer un sorteo. Salió Perro Grande, idea del Mauro. Ninguno acreditaba la burrez de la criatura. Ahí que el padre mandó llamarla Perra Chiquita, y acomodó el desastre.

La Meli se la pasaba con la Chiquita encima. Un día la perra hizo pis dentro de la casa. La madre se sacó la chancleta, le dio, la revoleó al patio y cerró la puerta. Un animal lloraba del lado de afuera y otro del lado de adentro. Pedía por favor no. El de adentro era su hija. Entonces la madre agarró del hombro a la criatura que le había quedado sin echar y la empujó también. ¡Vos afuera vos!

Acostó la Chiquita sobre sus piernas y esperaron juntas hasta que la madre olvidó el enojo y pudieron volver a entrar. La madre era de nombre Elena.

A los pocos meses Chiquita enfermó. La cuidaron unos días entre pulóveres viejos con perfume a querosén. Mocos en el hocico, pus en los ojos y temperatura alta. Los hijos pasaban el día cerca de ella. Por momentos los distraía la televisión. Hasta que llegó el padre de la fábrica y su mujer le avisó que la cachorra ni había comido, se la había pasado echada. Viendo los hijos tocarla, levantó el animal que de tan enfermo parecía triste. Él también entristeció. Salió por la vía con el animal abrazado en un buzo estropeado por el uso pero más por el tiempo. No me sigan, mandó.

Anduvo calzado con el arma en el bolsillo, pero cuando se vio abajo de la luna en medio de yuyos y tamariscos, supo que no valía falta gastar una bala para la hembra pequeña. Tan mansa va a ser. Entonces, usó el mismo buzo que la abrigaba para amortiguar la presión de su mano sobre el hocico frío. Apretó y casi no sintió forcejeo, solo un pequeño aullido. La envolvió toda entera y la subió al tren, que se la lleve. El tren estacionado esperaba volver al campo a ser cargado con girasol. Enterrarla no convenía, los perros más grandes sienten el olor muerto y lo desentierran.

Mientras volvía a la casa la imaginó adulta, corriendo a la par de los otros. Acorralando al chancho en el monte hasta conseguir que se eche, rendido por las balas a esperar el cuchillo. Murió chiquita, pensó, ¿será su nombre que la mal dicho? Entró a la casa, reunió los hijos con la esposa. Contó que la cachorra había muerto de moquillo. Lloraron. Entonces la Meli recordó cómo Elena le daba trato: ¡Vos no la querías! Sentida, la madre comenzó a llorar. No hagas caso, que la tristeza es que la confunde, concilió el marido. Los médicos y Ester, insistieron que lo bueno para la Meli sería hacer un arte. Elena compró un teclado casio modelo CTK 418, a 400 y llamó a una profesora de piano que le recomendaron en la iglesia. Ella se llamaba Victoria Suveldía. Iba a domicilio. El primer día que fue era un jueves y quedaron para todos los jueves por 30 al mes.

Llegó con un conjunto de pantalón palazzo y camisa estampados de fibrana y zapatillas deportivas. Tocó unas canciones cristianas y las cantó. Mientras cantaba la madre lloraba sobre el mate. Después Victoria le puso con cinta las notas escritas en el teclado y le enseñó a la Meli una música fácil y navideña. Cuando se fue, le agarró la mano, le miró el dedo donde tenía una gomita por anillo y le hizo promesa: te voy a traer uno.

Volvió y lo primero que hizo cuando se sentó a la mesa de fórmica fue sacar un anillito del bolsillo. Era de plata, con un adorno de dos hojitas colgando lado a lado y un strass verde en el centro. Te traje, le sonrió y la Meli sonrió también mientras se lo pasaba de dedo en dedo, para ver en cuál le quedaba. Ese día la madre pidió a Victoria que enseñara piano a sus otros hijos también. Lo había conversado con su marido y le parecía bien. Le respondió que para ella era lo mismo, si uno, dos o cuatro. Total, iba y enseñaba.

Ismael muy bichero, para matarlos o dejarlos vivos, les tenía adoración. Cuidaba cardenales y cabecitas negras, que colgaba bajo el techo de chapa lindero a la vía. Consiguió bolsas de hilo que hicieran de nido para las aves en cautiverio. Ahí ponían huevos los cardenales que juntaba, macho y hembra, en la misma jaula para que se aparearan. Los pájaros ponían, pero los huevos no se fecundaban. Era difícil por el cautiverio, le explicaban en la forrajería, pero igual intentaba. Total, qué perdía. Un día le regaló a la Meli dos huevos. Si los cuido, ¿nacen?

Nacen. Tenía siete años, vació su cartuchera, puso un pañuelo dentro y recostó los huevos lo más despacia que pudo. Los miraba, los tocaba con suavidad, los movía. Soñaba cómo serían y los nombres que les pondría: Titila, Sabrina, Cecilia, Flor. Café con leche, por su color, aunque serían rubios si se parecían a su madre y entonces se llamarían Patito o Solcito. Horas después, el calor explotó uno de los huevos. Al instante el otro quebró en sus manos. Llorando la gallina infértil fue hasta su padre. Mentiste.

En es el orden de los hermanos: la Lorena, el Mauro, la Melisa y el Manuel. Los dos primeros son más parecidos entre ellos de cara y piel blanca. A su vez ellos dos más parecidos al padre. La Meli y el Manu son más parecidos entre ellos: piel trigueña, pestañas largas. A su vez ellos dos más parecidos a la madre. Los cuatro con cabello muy crespo y duro, parte del padre.

Hacía calor y sentaron a la mesa para almorzar. Habían perdido costumbre de conversar en familia desde que pusieron el cable y dejaron la televisión prendida. El padre antes no lo permitía, pero se sintió cansado y aflojó. Retomó envión cuando pasó lo de la rama, pidió que apaguen el tele, la mesa era el momento de conversar. El ventilador no daba abasto contra el aire caliente que entraba desde afuera y la furia de la chapa bajo el sol. En la mesa estaban servidos distintos platos: tomates en rodajas con orégano, acelga hervida y arroz frío con mayonesa.

Nadie hablaba. ¿Por qué tenés ese pantalón? Es un asco, hace calor. Marcó la Lore a su hermana.

Tenía un palazzo que le quedaba chico, desde los diez años lo tenía cuando se lo cosió Elena y ahora lo usaba de entrecasa. Se le marcaban las piernas, la cola dura, el vientre chato. La madre acordó con que hacía calor, que se pusiera otra cosa, una ropa corta. Y la hermana insistió que era un asco con ese calor. Y el ponete otra cosa se enredó con el asco y el calor. Un barullo que levantó volumen hasta que la Meli silenció: no tengo. Se paró de la mesa y pegó una tijera, en medio de todos callados, a ver qué hacía. Sentada de vuelta, con las piernas abiertas, comenzó a cortar el pantalón a la altura de las rodillas. La hermana, aturdida, cazó el silencio en el aire y lanzó cataratas de berrinches sobre la locura. La madre pidió por calma, que se lo sacara al menos, se podía lastimar. Caso no hizo.

A la tarde llegó Victoria, la Meli andaba en patas con todo el pantalón cortarrajeado un poco más arriba de la rodilla. Victoria la miró detenida y le pidió que se diera vuelta para medirla mejor. Después la tijera. Con cuidado le cortó las hilachas, se lo emparejó un poco.

Los hijos siempre gustaron de jugar con los otros del barrio. Se la pasaban todo el día en la calle. Dejaban sola a la madre, no servían para compañía. Tenerlos adentro era insoportable, tenerlos afuera también. En esas tardes el padre daba permisos por una hora, por dos o hasta que baje el sol. Dependía del ánimo. Hubo una vez en que la Meli se pasó de la hora que tenía aprobada para andar en la casa de la vecina. Volvió y encontró al padre agachado, destapando la cloaca. Sin sacar los ojos de su asunto, la mandó que pregunte a su madre. Elena la devolvió al padre, que él diga por sí o por no, que ella qué sabía. La Meli volvió al padre. Este mandó que no. La Meli insistió. Que no.

Insistió. Entonces el padre dejó su asunto. Se limpió las manos con un trapo, la agarró del brazo, la arrastró hasta la puerta de la primera entrada y la empujó. Si tanto te gusta: ¡A vivir con ellos! Quedó llorando del lado de afuera. Perdón y por favor todo mezclado. Imaginó ir hasta lo de la vecina, contar lo sucedido y pedir vivir ahí. También pensó trepar la puerta y entrar lo mismo. Quién sabe cuánto pasó, pero fue un tiempo hasta que el padre le abrió la puerta. Pasá. Le ofreció que si quería ir que ande, pero ella no quiso.

Pasó una vez que fue el Mauro quien no volvía. Bajó el sol, se hizo oscuro. La madre salió con las nenas a buscarlo por el barrio. No aparecía, nadie lo había visto. Coincidió que la madre de la Sandra no sabía nada de su nena, pero no la buscaba. Alarmadas siguieron preguntando por las cuadras. Lo encontraron muy de noche, entre los tamariscos con la Sandra, pensando acampar ahí. Habían moldeado las ramas con forma de cueva, tenían cachivaches que habían juntado de andar todo el día vagueando. Las tres se pusieron contentas: la madre levantó al Mauro y lo llevó a la casa en brazos, mientras las hermanas cantaban que eran novios, se iban a casar.

Sería una fecha especial, que Elena compró un anillo a cada hija. Simples, como un nudito de bronce con un brillo modesto. A los días, mientras miraban televisión, dibujitos o una película, la Lore cazó de los pelos a la Meli para que le dejara cambiar de canal. La dejó y, pasado un rato, caminó al baño y agarró el anillo que su hermana mayor guardaba en el botiquín. Lo miró dormir sobre su palma abierta: un nudo de brillo modesto un poco más grande que el suyo. Fue hasta la vía y lo lanzó liviano al descampado. Un dolor se apoderó de ella: ¿Qué había hecho? Pobreza. Volvió adentro, buscó a su madre en la cocina y se confesó. ¡Buscalo, andá y buscalo! La Meli caminó con la cara pegada al suelo por donde sintió caer el anillo. Yuyos, cardos, piedras y ortigas. Presentada la noche, oscuridad de la vía, poca luz de luna y de faroles, hizo imposible seguir la búsqueda. Se rindió. Entró a la casa, buscó su anillo, volvió a la vía, cerró sus ojos y lo lanzó también.

Se despegó donde estuvo desde siempre. Desde siempre sería desde que nació en el hospital, donde le pusieron Elenita y la llevaron para donde estaría hasta su despego. Ciertamente le pusieron María Elena, María por la Virgen y Elena por la Santa. Su madre, Gerónima, hija de española y guaraní, creía en casi todo lo que le propusieran creer o se le diera por inventar. Así era que su casa, al costado de la autopista, era puro barullo de plantas, vírgenes y santos. Su preferido, Ceferino. Tijeras colgadas en forma de cruz, trenzas de ajo y otras esculturas, grandes y pequeñas, de porcelana o metal.

Más que casa, puro patio con damascas y limoneros. Helechos crecían ni que fueran yuyos y frutales se abichaban por la humedad. Hiedras y enamoradas del muro vestían la pared sin revocar. En las noches los visitaban luciérnagas. Como de los árboles a Elenita le gustaba colgarse, Gerónima tomó una decisión: ¡Desde ahora nada más que pollera! Pero como Elenita se siguió colgando, echó luz sobre su decisión: ¡Que no se te vea la bombacha!

La partida se dio en estas circunstancias: terminado el Bachillerato de Perito Mercantil y con trabajo en Gas del Estado, viajó a una ciudad del sur a visitar a uno de sus primos. Ahí ese primo le presentó a un compañero suyo de la oleaginosa, que sería quien le dio la excusa. Una excusa que Gerónima aceptó enseguida por ajustada, ¿qué esperan para casarse? Si un hombre bello de verdad, con pelo enrulado castaño, ojos verde oliva, nariz bien, piel rosada y musculatura de trabajador por la fábrica. Estuvieron contentos pero tristes por Elenita, que se casaba con alguien tan hermoso como ella. No tendría ojos verde oliva como su novio, pero sí unos color miel con forma almendrada y una piel trigueña que se venía morena con el sol.

Para el compromiso, Gerónima buscó unos ahorros y compró sanguchitos y masas finas. En el festejo todo sucedía como por la costumbre estaba dado, cuando ahí parados con las copas llenas de sidra, el hombre apretó tanto la suya que se le quebró en la mano. Todos se asustaron por si se había cortado. Todos menos Gerónima que entendió algo mayor. Corrió a acariciarle la carita a Ceferino, atar unas cintas en la trenza de ajo y dar vuelta las tijeras en forma de cruz en el patio.

Ya después vino el casamiento. Primero el Civil. El hermano de Elenita fue testigo y Gerónima tuvo que firmar autorización con la huella del dedo pulgar porque firma no tenía.

Para la iglesia, la tía modista le hizo un vestido soñado: blanco y de cola kilométrica. ¡Qué linda estás nena! El novio elegante, traje celeste grisáceo, confuso azul claro lavándose. En certeza ya nadie sabe, las fotos en su tiempo mienten el color.

Gerónima volvió a sus ahorros y encargó lo mismo, pero además torta de tres pisos y disc jockey. Alquiló un salón. Invitaron primos y sus hijos, que eran un montón, aunque no tantos como serían más adelante. El Jorge para entonces recién tenía siete chicos y el Félix tres. La Sandra todavía soltera.

Todo como la costumbre, cuando el novio apretó la copa hasta partirla. Entonces Gerónima metió la mano en el bolsillo de su cartera y tocó las piedras que siempre guardaba. Pensó en Ceferino, que le recordaba a su papá por la cara de indio; y en su Virgen del tiempo, que pasaba del azul al morado para avisar si el cielo traía tormenta. Cerró sus ojos y la vio apoyada en su mesa de luz. Estaba azul, tarde de sol. Bajo ese sol, Ceferino, su padre. No te olvides de mi hija, pidió.

Elena se fue en mar de llanto, usando el pecho de su marido de pañuelo. Apenas llegaron estudió el chalet, que ahora le pertenecía también y ni tampoco, porque alquilaban. Pero qué importaba si podía decidir dónde iba cada cosa y cómo cuidarla. Dedicó el primer tiempo en hacerlo más a su gusto, ajustar detalles de limpieza y decorado. Y es que su marido, hombre solo había sido hasta entonces. De ahí que ideas ninguna tenía sobre esos temas y le daba confianza en eso.

Ese entretenimiento duró poco para Elena y pidió permiso de trabajar. Entonces el marido dividió las tareas como por la costumbre se daba. Que mejor cuidara la casa y administrara lo que él traía. Que para qué. Obedeció, pero no había casi nada para hacer, porque no había ni chicos que la ensucien. Al menos, la tierra que volaba por el clima seco y el viento sur de la ciudad le mandaba hacer una barrida de escoba por el piso y de gamuza por los muebles. Ya después paraba y sentaba a mirar la resolana que atravesaba las cortinas y llenaba el comedor de una neblina anaranjada. El tele tenía dos canales, que repetían el noticioso, mediodía y noche, y pasaban la novela. Después nada.

En la calle andaba nadie. Elena no entendía si era a razón de la arenilla que volaba, lastimaba la vista y obligaba a masticarla, que todos los vecinos estaban siempre dentro de sus casas. Y si salían, apenas saludaban sin mirar a la cara. No se parecía en nada a donde era, con sus primos y sobrinos que se la pasaban callejeando. Elenita de acá, Elenita de allá.

Después de tanto aburrimiento compraron unas gallinas, para más trabajo y hacer sopa. Tres gallinas blancas, que Elenita decidió ponerles nombre: Gerónima, Félix y Sandra. Se divertía barato. Mirá cómo corre la Gerónima, mirá cómo el Félix, mirá la Sandra. Eso la encariñó y pidió al marido que no, que mejor para sopa no, y él hizo que bueno.

Las gallinas eran tontas que se cuidaban solas, nomás necesitaban un poco de maíz, que les cambien el agua del tarro y abrirles el corral un rato. Esto último tampoco era que fuese necesidad, era más bien un gusto que Elena les daba para que se sintieran libres, antes de que volviera el marido de la fábrica. Entonces pidió trabajar afuera, que ella podía con las dos cosas. Pero al marido no le parecía, que mejor cuidara bien la casa y que amasara el pan, que lo prefería casero. El que ella compraba venía con la cáscara muy dura y le lastimaba el paladar. Hizo caso y se volvió buena también en la masa de tartas y empanadas. Coser camisas, cortinas y vestidos.

Será aburrimiento, quedó embarazada de la primera, le pusieron Lorena. Nació fuerte y buenita. Alegró la casa y sumó ocupación, que era lo que pedía Elenita. Trajo alivio. Apenas caminó ya andaba corriendo a la Sandra, el Félix y la Gerónima, se mezclaba entre ellas, caminaba igual. Su abuela viajaba a visitar todo lo seguido que podía, porque extrañaba pero también entendía. Llegaba con vestidos de regalo y algún ahorro para comer cosas ricas.

Aunque la Lorena, Elena siguió con la insistencia de trabajar. Afuera, aclaraba. Ahí que en la Navidad cuando su marido alzó la copa y propuso el gesto romántico de brindar, pidió en voz baja: trabajo. Él apretó tanto la copa que la partió. Agarró la copa de Elenita y la rompió también de una sola presión. Siguió con el derroche y de solo un arrastre del brazo por la mesa tiró cubiertos, cuchillos, servilletas y platos. Nada quedó en pie. La fuente de vidrio resistente al fuego del horno, regalo de casamiento, al piso. El centro de mesa de cerámica, al piso. Mantel al piso. Mesa piso. Ni que las cosas pesaran nada. Elena se echó para atrás y levantó su nena en brazos. Tragó todo el aire que le entró y lo retuvo quieta contra la pared. De un manotazo, el arbolito de Navidad contra el suelo. Nada te alcanza, y se fue a dormir.

Elenita hizo entrar en sueño a su nena y la acostó. Cuando volvió al comedor quedó parada mirando todo quebrado y revoleado. Ni que me hubiera entrado un ladrón, y lloró bajo. Juntó con la mano vidrios grandes, que envolvió en diario y guardó en una caja de cartón, para cuidar que el basurero no se corte. Barrió escoba para vidrios pequeños, levantó pedazos de comida y pasó el trapo. Enderezó el arbolito. Algunas borlas se habían salvado y las luces también, qué suerte al menos. Fue acariciando con cera las baldosas, donde la encontraron los sonidos de cohetes que anunciaban las doce. Ahí que salió, hasta el porche, pero. Se detuvo alzando la cabeza al cielo, intentaba ver las luces de pirotecnia y diferenciarlas. Si eran de colores, más bonitas. Si eran de color fuego, estaban bien también. Ruido de bomba sin luz, no me gustan. Una vez encendí una bengala. No quería que los vecinos la vieran. Algo siempre escuchan estos tiranos que con la excusa de la tierra apenas saludan, pero después para criticar son buenos. Aunque la noche, había mucha luz afuera que salía de las casas. De algunas, hasta la música alta también salía y las risas de sidra, clericó o ananá fizz. Las crías andaban de estreno, sueltas en la vereda sobre bicicletas, pelotas y patines. Algunas parecían borrachas. Habrían chupado de las copas de los grandes. Explotaban sus fuegos ingenuos, pequeños brillos y relámpagos de estrellitas y chasquibunes. Hasta bajaban descalzas a la calle de tierra. A mí me gusta el ananá fizz, que soy dulcera. Fue al fondo a ver a las gallinas que tal vez con el barullo estarían asustadas. Las encontró tranquilas. Estas estúpidas no se dan cuenta de nada, y se fue a la cama. Para más trabajo sería que nació el Mauro. Para más, la Meli. Trabajo, el Manuel. También otras gallinas, que no fueron nombradas. La cualidad del tiempo volvió imposible encariñarse con los bichos, mejor comerlos.

Era tanto el hacer que tenía con la casa, las gallinas, los chicos, el amasado y el marido, que comenzó a pedir buscar empleo para descansar. Pero su marido siempre le respondía que para qué. Menos la vez que le ofreció a la Lore y a la Meli dos billetes por día si ayudaban en las tareas de la casa. Aceptaron felices. El padre le dio un tarro de dulce de leche limpio a una y una lata de arvejas limpia a la otra, para que ahí fuera el juntar del dinero. Al otro día cuando llegó de la fábrica reunió a las tres mujeres. ¿Ayudaron? Limpié la mesa, barrí el comedor, junté la ropa de la soga. Saqué telaraña, planché tres pañuelos, di comer a las gallinas. La madre inclinó el mentón hacia abajo y el padre les dio los billetes que enrolladitos guardaron en sus alcancías de lata y plástico.

Así todas las noches el padre llegaba de la oleaginosa. ¿Ayudaron? Las nenas le contaban si sacudieron alfombras, pasaron gamuza o escoba. La madre inclinaba el mentón y él les daba.

Para un cumpleaños de Elenita, fueron a la avenida y con los ahorros compraron un reloj de regalo. Podían elegir entre dorado y rojo. La Lorena no sabía cuál elegir, y la Meli señaló el rojo porque le pareció más combinado con la casa. El dorado se veía muy lujoso y ellos lujo no tenían. Cuando se lo dieron Elena agradeció pero prefería el dorado.

Pasaron la tarde en el patio, que estaba lindo. Jugaron con las gallinas, inventaron nombres que no podían conservar. Titila,

Sabrina, Cecilia, Flor. Malena, por la canción. Café con leche, por su color, propuso la Meli. Félix, Jorge, Carlos, el Malandra, la Vivi, la Choly, Mamá y el Felicito, propuso Elenita. Roca, Tosca, Amalia, Serena, Cerveza, propuso el Manu. El Mauro no quiso proponer. Cuando llegó la noche, metieron las gallinas en el corral, entraron a la casa y, encendido el noticioso, olvidaron los nombres.

El marido llegó, se bañó con jabón blanco, para sacarse la negrez de la oleaginosa y sentó a la mesa. Cantaron el feliz cumpleaños y brindaron con una gaseosa de litro en botella de vidrio, que guardaba del almuerzo en la fábrica. Cuando estuvieron las copas servidas y la velita encendida, Elena cerró los ojos, para pedir su deseo, trabajo pidió, y se largó a llorar.

Por qué llorás, no llorés, mandó el marido. Al recibir lágrimas de respuesta, insistió que la cortara. Entonces se paró con puños cerrados y caminó vueltas en círculos. Se mordía los dientes. Todos en la casa salieron disparados. Cucarachas que, encendida la luz, buscan meterse en los puntos ciegos. Frenaron la respiración. El hombre paró y desenrolló con su brazo un golpe de puño cerrado contra la pared. Un cuadro se estalló contra el piso. Miró a las nenas, me lo limpian, que después su madre hace todo y no es sirvienta de nadie. Y se fue acostar.

Comenzaron a juntar. La Lorc lloraba bajo mientras hacía. El Mauro, escondido entre el modular y la pared, lloraba también. El Manuel se agachó a juntar con ellas. Dejen chicas, pidió la madre. Dejaron. Pero mañana, cuando pregunte en qué ayudamos, puedo contar junté vidrios y ganar otro billete, pensó la Meli y siguió juntando.

El cuadro de la pared, un borde finito de plástico dorado y una lámina impresa de un paisaje. Cabaña de madera y piedra en la montaña. Un río que pasaba por delante y flores de colores mezcladas entre el pasto verde. Sobre el río un puentecito de rocas. Las flores eran tulipanes. Al costado de la casa un árbol de otro lugar del mundo, de esos que Elena conocía de las películas: alto y de hojas jaspeadas que dejaban atravesar el sol. Temperatura de otoño. Porque de tal manera amó Dios al mundo, que ha dado a su hijo unigénito, para que todo aquel que en Él crea no se pierda mas tenga vida eterna, Juan 3:16; en letra cursiva.

En los bordes del marco Elena había enganchado algunas fotos: una de su compromiso en la puerta del Civil, con su tía Teresa y sus primos. Otra con su marido, de cuando eran novios y la llevó conocer la sierra en su coche blanco. Remera roja sin mangas, pelo cobrizo a los hombros, jean azul y sandalias verde oliva. Ismael pantalón gris, camisa blanca y zapatos claros. En el cuello una cadena gruesa de plata. Abrazaba a su prometida por la cintura con una mano y con la otra le señalaba algo por fuera del encuadre, mientras ella sonreía con los ojos cerrados. En otra foto estaba el fondo de la casa, con la Lore desnuda parada delante del corral, entre tarros de maíz, agarrándoles la cola a las gallinas. Después una foto carné blanco y negro de Gerónima, y un almanaque de gatitos naranjas, ojos claros.

Cuando la Meli terminó de juntar los vidrios, Elena volvió a colgar el cuadro. Reconoció el peso, estaba más liviano. Acomodó las fotos al marco y lloró bajo. Después barrió escoba para los vidrios más pequeños y prendió el tele.

Pasado el mal momento, el marido salió de la pieza. Sin sonar palabra fue hasta el galponcito del fondo y trajo. Para vos, acercó una caja hacia Elenita. Abrió. Dentro temblaba una cotorrita pequeña, verde con el pechito blanco sucio. Le recordó a Perico, el loro que habían tenido en casa de su madre. ¿Otro bicho? No voy a saber cómo ponerle. ¿Y si sorteamos? Pero es mía.

Los chicos se pusieron contentos, aplaudían, corrían y saltaban de las sillas al suelo, mientras hacían alas con los brazos. Repartieron papelitos y viajaron una lapicera de mano en mano para anotar los nombres. Tonta, salió. Había sido el Mauro. Como les pareció un poco insulto, el padre modificó a Tota. Si le enseñan, habla. A la noche tiene que dormir en jaula tapada, por las luces. Y cuando vayamos a la iglesia le tenemos que dejar una luz y la radio, que si se te siente sola se te muere.

Me la regalaste para más trabajo, me la regalaste.

Era muy chiquita y hacía algo de las bestias pequeñas asustadas, que es encorvar la espalda, abrir apenas las alas y temblar. Esto a Elenita le daba un sentimiento que no diferenciaba, entre la ternura y la pena. También la hacía reír cómo el Manuel y la Meli la imitaban, con pasos de baile extraños, como los que veían en los videoclips en inglés que pasaban antes del cierre de programación. Lo que más le entusiasmó fue que aprendiera a repetir Tota. Le divertía escucharla gritar su nombre cada vez que se despertaba para que le destapara la jaula y la llevara con ella a tomar mate. Que se le subiera en el hombro y le picoteara suave la boca para robarle galletitas, también le gustaba.

Revolvía la yerba lavada y fría. Ay, Tota que sos tan sucia Tota. Se reía y la cargaba en el hombro para ir a buscar un trapo. Se bajaba de la jaula y picoteaba los talones a los hijos, que distraídos miraban televisión. ¡Sacanos este pajarraco!, chillaban las criaturas y la empujaban con los pies. Elenita se agachaba a buscarla y se reía del animal que se disparaba entre las patas de la mesa, de las sillas y de los hijos. Te portás mal porque estás aburrida, si nadie te habla. Y la trepaba en su hombro para llevarla a barrer el fondo.

La Tota fue creciendo y dejó de ser tan pichona, aunque siguiera siendo pequeña. Casi como un puño cerrado, contaba Elenita a Gerónima por teléfono.

Para saber más de cómo tratarla, Elenita les hizo bañarse a los chicos que andaban en la tierra jugando ponerse la ropa de salir y fueron andando al centro de la ciudad. Tomaron el colectivo, cruzaron las vías, el empedrado, un par de cuadras más y llegaron. Buscaron una librería a la que nunca habían entrado. Que no toquen nada que no toquen, repartía coscorrones a sus hijos. Enseguida se desparramaron las cucarachas por el local alfombrado. ¿En qué puedo ayudarle? Quiero saber de una cotorrita verde, como el tamaño de mi puño cerrado, pidió levantando la mano cerrada con fuerza. Ah, de eso nada. ¿Nada? Nada. ¿Y qué me recomienda?

Una forrajería, donde terminaron. Le explicaron los mismos cuidados que le había hablado su marido. Le contaron además que no podían andar solas, les gustaba la radio, fruta podían, de todo podían y elegían una pareja, a lo sumo dos. Seguramente la haya elegido a usted. El corazón de Elenita quedó sorpreso: se detuvo y siguió andando.

Era un chico que no crecía, pero aprendía. Le gustaba picotear a casi todos menos a Elena. Es que me eligió a mí me eligió. Por épocas buscaba otra pareja. Pasando por Ismael, el Manu, la Lore y el Mauro. Elegía uno y andaba atrás de ese desesperada, hasta que lo cansaba y se la sacaba de encima con brusquedad. Entonces, el pajarraco volvía resentido hasta Elena. Pobrecita. ¿Quién te entiende?

Salía en el hombro de su dueña a tender la ropa. Juntas miraban el atardecer: un cielo anaranjado, grisáceo por el vuelo de la tierra, por donde pasaban otras cotorras verdes con el pechito blanco sucio. Juntas dejan de llamarse pájaro y se llaman bandada, hablaba Elena a la Tota. Le contaba cómo volvían del parque hasta las cuevas en las grutas donde bajaba la noche. También le contaba de otras cosas. Paradas, una sobre la otra, miraban el vuelo, con los bollos de sábanas ya extendidos en la soga, moviéndose con el viento.

Al principio, Elena tomó consejo de la forrajería de cortarle las plumas de un ala. Eso desequilibraba el vuelo del animal para que no pudiera irse. Andaba suelto por la casa, levantaba un aleteo desparejo que lo hacía chocarse contra muebles y paredes hasta desistir. Ustedes se asustan pero es ella la que se lastima, hablaba Elenita a sus hijos mientras la Tota gritaba y se golpeaba contra las cosas en su vuelo fracasado. Ellos se desparramaban alborotados con la cabeza entre los brazos, hasta meterse debajo de la mesa. ¡Encerrá ese pajarraco!, rebuznaban.

Sufro cuando la veo así, sintió Elena y no le cortó más las alas. Ahí fue que el animal, salido con ella al fondo de la casa para tender ropa, se disparó. Será que salió volando motivado por el barullo de otras cotorras que pasaron; o asustado por un pelotazo que la Meli pateó directo sobre la cabeza de su madre. Aunque levantó altura, terminó dudando en vueltas extrañas. Un espiral hasta descender en la copa de un eucaliptus. Elenita estalló en llanto alto, se volvió hacia la Meli y la cacheteó. ¡Otra vez vos!

Los hijos salieron con la madre a buscar. La llamaban por su nombre y silbaban sonidos dulces para tentarla a bajar. Nada. Elenita lloraba y la Meli hacía movimiento de alas. Oraban por dentro un milagro. ¿Qué le provocaría ánimo de volver? Le mostraron cosas dulces y le insistieron hasta caída la noche, que llegó el marido de la fábrica. Preguntó por el escándalo, qué vergüenza por los vecinos, y los hizo entrar. Su mujer pidió por favor, que use su linterna de caza para alumbrar la copa. Mejor mañana.

Elena sostuvo la noche con los ojos abiertos y con el primer sol salió a buscar al pájaro. La Tota estaba parada en la damasca del fondo. Serena. El llorisqueo paró. Subida despacia sobre una silla, le sirvió de su mano para que se dejara agarrar. Ni cuenta que te diste y estuviste perdida, le besó en su cabeza. Comprendido el riesgo, Elena le pidió al marido que le vuelva a cortar el ala. Ahí que la Tota se la pasaba suelta por la casa, volando desparejo y dándose contra las cosas. Gritaba casi todo el día y si había barullo, del tele o de los hijos, peor. Andaba atrás de los talones de las crías tratando de picar, se trepaba por la cortina y se lanzaba. Un aterrizaje torpe sobre la mesa. Los hijos hacían queja de que les saque ese pajarraco de entre los pies y el marido mandaba, me tenés cansado. Elena resolvía levantarla en la mano y la llevaba a la pileta de la cocina, le refrescaba un poco y le pedía quietura así: pobrecita, nadie te entiende.

Una tarde de franco, Ismael tuvo una idea mientras tomaba mate y asistía la televisión entre los gritos del pajarraco. Pegó un licor de dulce de leche que estaba en lo alto de modular, para las noches que intentaba conocer a su mujer. Puso unas gotas en una cucharita y abriéndole el pico a fuerza le dio beber al bicho. Pasados unos minutos la casa quedó vacía de ruido. Elena, alarmada por el silencio, fue hasta su marido. Encontró al animalito acostado en la mesa, con el pico abierto y la lengua afuera. Ismael lo mojaba escurriendo un repasador.

¡Me la mataste! quebró a llorar. Los hijos, que andaban desparramados por la casa, enseguida le rodearon la cintura y se contagiaron el llanto. ¡Nada puedo tener, nada!, lloraba sobre el bicho bobo. No te la maté, la dejé mansa.

Elena acostó el ave en la palma de su mano; mojada, más reducido era su tamaño. La llevó donde la pileta de la cocina a refrescarla. Hizo oraciones y la Lore parada junto a ella también. Después pidió que la dejaran sola y salió al fondo. Sentada en un tarro de pintura, con la Tota acostada en su falda, quedó de espalda a la ventana por donde la miraban los hijos. Lloraban y oraban al cielo haciendo por favor con las manos. *No es para tanto, una alegría que se le va a pasar*; les hablaba el padre pero ninguno tenía ojos para él.

Afuera Elenita esperaba por su compañera que, dormida en sus manos, parecía un jaboncito guardado en su jabonera. Tan chiquita. *¡Si existís serví para algo! Sintió. Entonces oró. ¿No te doy pena?*

La Meli abandonó la ventana y salió. Ni alcanzó tocarla que su madre la empujó. *¡Que te vayas!* Para quedarse con la vista hacia las cotorras que a esa hora volvían a sus cuevas. Miró y vio lo mismo de siempre: viento sur y tierra. Un atardecer de termómetro cálido pero más bien gris, porque la tierra seca gana sobre la fuerza del sol y el color que su luz puede dar al cielo.

A las dos horas el pájaro terminó de destilar el alcohol y despertó. Estaba manso. Antes de entrar a la casa, Elena lloró y la besó. *Nunca se te va a ir el susto, pobrecita.*

El marido ya acostado. Los hijos todavía en guardia alrededor del televisor. De a turnos habían dormitado sobre la baldosa fresca, parándose para cambiar el canal o mirar por la ventana al cuidado de su madre y la seguridad de que siguiera ahí.

Llegó de nuevo el aniversario de Elenita y con él Gerónima de visita. *Es nuestro cumpleaños*, celebraba Elena a la Tota en su hombro. *¿Te hago una torta de semillitas?* Y se reía.

Cuando la abuela conoció al animal, tomó la mano de Elenita para comparar. *Es una catita, grande como mi puño, no como el tuyo. Me gusta.* La Tota le picoteaba los pies o la toreaba desde arriba de la mesa. Dando un salto enano, se prendía con el pico a la pollera y quedaba balanzando unos segundos antes de caer. *Es viva.* Se mataba de risa y la Tota se reía también, que había aprendido a imitar la risa de Elena.

Pasaron la tarde en el patio. Miraron correr a las gallinas, tomaron mate y comieron facturas, mientras los tres más chicos jugaban a la pelota. A la noche entraron las gallinas.

Vuelto el marido se bañó con jabón blanco para sacarse la negrez fabril. Sirvió para Elena su regalo: una cartera de cuero negro con hebillas doradas. A ella no le pareció con sentido. ¿Para qué tan cara si nunca me sacás a ningún lado? Nena, que es tu marido. Cierto, no le voy a regalar más nada.

La mesa estaba vestida por las bondades a Gerónima. Tomaron la gaseosa, que el padre guardaba. Cenaron y hablaron de gallinas, del campo donde nació la abuela, de por qué Elenita se llamaba Elena y se rieron de que Tota casi se llamara Tonta. Sirvieron las copas y trajeron la torta de duraznos con crema, que la hija mayor ayudó a preparar.

Para brindar levantaron las copas. Sidra la de los adultos y sidra la de las crías también, que se les servía apenitas un poquito para brindar. Cuando las copas chocaron entre sí, la Tota parada sobre Elena se estiró y mordió a Gerónima, que gritó de impulso. El marido cerró el puño y martilló el bicho sobre el hombro de su mujer. No.

EN DONDE YO ERA es muy diferente acá, donde me trajo mi marido cuando me casé. Bah, seguramente ya cambió, según me dice él cuando le lloro que me quiero volver, y la verdad es que dudar me hace: no sé si me lo dice porque de verdad lo piensa o porque quiere que nos quedemos acá, que a él le gusta. Pero igual yo insisto porque me cuesta creer que las cosas cambien; a lo sumo estarán más grandes los chicos de mis primos, alguna calle asfaltada nueva, habrá muerto algún viejo, pero después todo andará igual, me digo.

Digamos que lo que más se diferencia acá de allá es la gente. Acá apenas te saludan, todos muy cerrados. Te miran de arriba abajo, eso sí. Qué coche andás, qué ropa, qué zapatos. Una no sabe ni cómo arrimarse para hacer amistad. Yo tuve intentos. Cuando recién llegué, algo de amistad hice con una vecina: era buena conmigo, siempre me saludaba y algo me hablaba, pero tampoco me pasó tanta bolilla: entrar a su casa, tomar unos mates, mirar la novela juntas. Para mí por celos de su hija que tenía más o menos mi edad. Después tuve otros. En el último me esforcé bastante: cosí unos corazones rellenos con algodón y jabón, para perfumar, y se los di a mis hijos que fueran a llevar de mi parte a nuestras vecinas. Me mandaron decir gracias no-

33

más. Cuando me las crucé ni nombraron el tema, y eso que estaban bien cosidos, con una seda linda de flores azules que desarmé de una blusa mía de soltera. Muy cerradas, pensé y paré de intentar.

Allá era diferente, nos conocíamos todos y el que no se conocía se hacía conocer, se presentaba sin tanta vuelta. Es que éramos de toda la vida y todos parientes. El que no era de sangre, le arreglábamos dándole que apadrine o se case y así todo terminaba en familia. Otra cosa que pasaba allá, que noté diferencia con acá, que son piroperos. Yo salía a la cuadra y nunca faltaba un que Elenita qué linda que estás, sin mala intención. Ahora mismo, cuando voy con mis hijos me dicen qué lindos hijos y con esa madre menos no podían ser. Más demostrativos.

Pero acá nada. Nadie nos dirige la palabra, ni a mí ni a mis hijos. Nadie nos mira. Solamente me hablan de mis hijos cuando se portan mal: se meten en el patio de algún vecino, se llevan algo que no es nuestro y no devuelven, o les va mal en la escuela. Y eso que mis hijos son lindos. Era un miedo, debo reconocer, que me salieran feos y tener que andar por la vida explicando de dónde salieron así de fallados. Pero todos lindos, es que mi marido es bien y yo también, pero nunca se sabe. Así que cuando nacieron y los pude ver, descansé al menos de eso: el embarazo es misterio todo. Al menos en los primeros dos, ya los otros que siguieron no me hicieron misterio debo reconocer, porque más o menos ya conocés lo que te duele, cuánto dura y que si los dos primeros te salieron así, ya lo otro no va a ser muy diferente. Te hacés a la idea digamos. Después buenitos pensé que los podía hacer yo con mi marido. Buenos y educados. También limpios. Ahora voy viendo que no es tan así. Es decir, una pone su esfuerzo, con mi marido siempre, pero a veces por más que una haga no lo entienden. Mi marido dice que son hijos del rigor, y a mí no me gusta porque son chicos y rigor es una palabra muy dura. Tampoco me gusta porque no falta vez que me la dice a mí. Hija del rigor, me dice. Yo soy hija de Gerónima y Juan Reynaldo, le contesto cuando me retobo, pero eso no pasa tanto porque después es para peor.

Pero bueno, sacarlos como a una le gustaría que sean fácil no es. Por ejemplo la Meli me salió más sucia, poco conversadora y pata de perro. La Lorena toda ordenada, ayuda con la casa y más compañera. El Mauro es bueno, pero tiene sus cosas: es nervioso como mi marido, esa es la verdad. Pero también ayuda con la casa, le mando baldear y baldea sin problema. Lo que sí muy llorón, no se lo pudo nunca ni retar, ni dar un chirlo, que lloraba como un chancho. Por suerte fue creciendo y paró de ser tan maricón. El Manuel es callejero, casi igual a la Meli de boca sucia. Digo casi porque la Meli es peor de cómo habla. Mi marido siempre le dice boca de cloaca y le explica: si levanto la tapa de la cloaca el pozo está más limpio que la boca tuya. Él lo que le quiere decir es que tiene que hablar bien, como una señorita. Y yo comprendo que sí, pero también me recuerda a mi mamá Gerónima, que es de decir malas palabras y le gustan encima los chistes picantes, entonces pido: ya está, Ismael, ya está. Él a veces me escucha, a veces no: ¿Para qué voy a mentir? Ahora, el Manuel es tramposo en todo y muy vago para la escuela. Siempre me están llamando que no le quieren renovar la inscripción para el año que sigue porque es un peligro. Y yo voy y lloro delante de las maestras, que no me sale otra cosa cuando escucho todo lo malo que dicen de mi hijo, que lo conozco y sé que tampoco es malo. Lloro y ahí aflojan. Menos la Lorena, siempre hay alguno que nos trae problema. Y eso que nosotros los hemos llevado a la iglesia y enseñado las cosas de Dios, pero así y todo no hubo un día que no se den una patada o una piña, vuelva alguno rengueando de la vía o con la cabeza rota. Son muy bestias. Ahora estamos con este problema de la Melisa, que se le cortó la rama. Y somos nosotros los que tenemos que andar llamando a la escuela, a todos lados, que nos miran como si fuéramos los peores padres. Yo sé que a veces nos habremos confundido pero no hemos sido malos tampoco. Y no les hemos dado todo, pero tampoco nunca les faltó nada. ¿Cierto?

Aprendimos a subir al techo de la casa. El Mauro nos mostró. Lo vimos desde abajo con la Meli hacer las instrucciones y desaparecer sobre la chapa bajo el cielo. Un cielo celeste y despejado, apenas recortado por el filo de algún cable.

Nos había dado instrucciones con palabras y acciones claras: sacarse las ojotas y engancharlas del elástico del short. Trepar con manos y pies la reja de la puerta del galponcito. En la cima de la puerta, estirar una pierna y apoyar un pie en la medianera. Estirarse de nuevo y apoyar las manos sobre el techo de chapa, donde guardaban el auto. Cuando las manos estuviesen aseguradas, mantenerse sobre ellas y pegar envión con el cuerpo, para terminar de subir los pies. Ponerse las ojotas, para no quemarse con el chaperío caliente, y pararse en dos piernas. Por último caminar erguido pero despacio. Ya estabas en la altura.

Era marzo, el primer mes del año, porque como seguía la época de calor no se notaba la escuela y seguíamos haciendo las cosas del verano. Las cosas del verano eran andar en patas todo el día y aprender a trepar cosas nuevas. Jugar con el agua. También algo del verano son dos luces y dos vientos diferentes: afuera de la casa la del sol bravo que te deja ciego y el viento levantando la tierra seca. Adentro de la casa, una oscura, que es la que pasa por las persianas medio bajas y las cortinas cerradas, para que esté fresco. A la noche la fuerza de las luces se invierte. Adentro una eléctrica y afuera la oscuridad de la luna, algún farol amarillo. Hasta que se apaga la luz para dormir y se arma una sola. No se puede repartir el viento del ventilador de maneras tan justas pero lo intentábamos. Por eso lo ubicábamos de frente a la mesa, para que girara con forma de medio círculo desde una esquina hasta la otra. Desde la cabecera donde se sentaba papá hasta la otra cabecera donde el Mauro, pasando parejo sobre cada uno de nosotros. Pero el ventilador tiene un ritmo: cuando se frena para pegar la vuelta y volver a dibujar el semicírculo se detiene unos segundos. Eso hacía que los sentados en las cabeceras recibieran más aire que los sentados a lo largo de la mesa. Despareja la repartija. Pero lo intentábamos.

Otra de las cosas que intentábamos repartir era la olla. Éramos seis y se dividía por seis platos. Se cargaba más el plato de papá. El de los otros cinco que restábamos se cargaba igual o parecido. Cuando había gaseosa se dividía la de dos litros en dos vasos para cada uno. Da justo. Cada plato podía ser de arroz con huevo frito o fideos con puré de tomate frío. El puré de tomate era directo sacado de la heladera y echado sobre los fideos. Todo eso adentro de pan nos lo llevábamos a la boca.

Mi mamá nos rechazaba, comen como chanchos comen. Y mi papá nos comprendía, no hacen nada malo. El queso no se repartía, se mezquinaba. Cuando era la tarde, entrábamos corriendo de estar en los tamariscos, tenemos hambre. Ella se molestaba, háganse pan con dulce, tomensé un té, pero a mí y a la Meli nos gustaba lo salado casi todo el tiempo. Eso nos hacía pensar que mejor robarle. Esperábamos que dejara la cocina y sacábamos el queso de la heladera. Lo poníamos en pan, le echábamos puré de tomate, directo sacado de la heladera, y nos lo llevábamos a la boca con alegría.

Mauro desapareció en la altura. Antes nos dio las instrucciones para que pudiéramos seguir. Abajo, en la casa dentro, nuestro papá dormía destapado, boca arriba, apretando los dientes. Siempre dormía igual y amanecía con las encías sangradas. La sangre cuando se seca se pone negra, me enseñaba verlo. Ahora dormía una siesta larga. En la oleaginosa había pasado la noche. Su mujer planchaba, tomaba mate y veía la novela de las tres de la tarde. A veces veíamos con ella, acostados sobre las baldosas frescas para mantenernos fríos. Usábamos nuestras manos como almohadas. Ella nos cuidaba así: quédense dentro conmigo y aprendan algo, que afuera el sol está muy fuerte. Pero otras veces nos cuidaba así: salgan fuera que papá duerme y ustedes gritan como chanchos gritan.

Pero ahora estábamos fuera. El Mauro acababa de subir y nos tocaba a nosotros. Repetí las instrucciones sin problema. La Meli las repitió atrás mío. En esos días con la Meli andábamos juntos. Teníamos la misma altura aunque diferente edad. Cuando había gente nueva preguntaban ¿Son mellizos? pero no éramos. Confundían nuestra ropa hecha de la misma tela, como los del tele. Era la habilidad de nuestra mamá para medir. Mirando se aprende. Pasaba también que con la Meli teníamos mismo peso y misma altura, aunque otra edad. Ella andaba en cueros y tenía pelo corto, por piojosa y para que no diera trabajo peinarla. Andábamos juntos y trepábamos por todos lados. También podíamos hacer las mismas cosas. Mismas cosas era dar soluciones a las piñas echados uno encima del otro, patear penales, patinar, saltar elástico, lanzarnos desde la cama cucheta a la cama marinera o subirnos al tren detenido, que esperaba dejar su carga en los silos de la oleaginosa. Compartíamos shorts y pantalón jogging. Todo lo hacíamos parecido de bien. Nadie notaba diferencia. Parecíamos lo mismo y andábamos juntos para todas partes.

Ahora nosotros ya estábamos en el techo. En la casa mamá planchaba y Lorena cebaba mate, compartían la novela. Mi papá dormía. La Lore siempre nos sacó dos cabezas. Le llegábamos al pecho y a los nueve años ya empezó con corpiño. A los doce ni decir cómo se puso. Dejó de cantar en la mesa y si nosotros cantábamos ella se adelantaba a los adultos: en la mesa no se canta. Nuestra mamá le pasó su ropa, de cuando era más joven. No le dejaban hacer las mismas cosas que hacíamos nosotros sus hermanos, que éramos. Queda feo, le retaban. Había días que ni podía meterse a la pelopincho. Pasó una vez que vino a la casa un compañero de papá: el Pájaro, de la oleaginosa. La Lorena estaba en el agua con nosotros, lo más bien, olvidada, y cuando papá estaba saliendo a abrir la puerta se paró, se volvió y le mandó: andá y tapate la cola con un short. Ella hizo. Desde entonces la marcaban siempre con las mismas palabras. Menos otras veces que resumían: andá y tapate.

Así pasó, hasta que fue costumbre taparse a la Lore y los adultos pudieron descansar. Después de eso ella se aburrió de nosotros y llevaba información de lo que hacíamos a mamá para que nos ordenara. Disfrutábamos de mirarla por el ventanal desde la pileta, viendo tele y ayudando con la limpieza. Le agitábamos ¡Vieja chismosa! ¡Afeitate los bigotes! La Meli le gritaba y le reía también, con nosotros como si a ella no le fuera a pasar nunca. Nos daba desconfianza y también pena, porque parecía sola. Igual nos reíamos lo mismo.

Ahora todavía con la Meli parecíamos lo mismo y podíamos hacer mismas cosas. Por eso nos enganchamos las ojotas en el elástico del short y trepamos al techo de la misma forma que el Mauro. Él ya estaba arriba y nos esperaba.

Cuando llegamos, se sentía alto. En lo alto vimos algo que antes no veíamos: el suelo del techo, mitad membrana y mitad chapa. La parte de membrana era plateada y brillaba por el sol. Encendida, un lujo caliente. Sobre la parte de membrana estaba el tanque de agua de cemento, con sus caños de plástico bordó, que recorrían el techo hasta bajar a la casa. Nos acercamos al tanque, lo golpeamos con el puño y nos dobló el dolor. Apenas sonó, y fue un sonido hueco. La parte de chapa estaba opaca, pero era lo que esperábamos ver al imaginar el techo de la casa. Y es que la falta de brillo sobre las cosas nos era común, por el clima seco y la tierra seca que apagaban todo. Por eso, despampanante y encendida la membrana al sol, tenía la luz de un metal precioso.

El Mauro nos sonrió y nos saludó levantando la mano en la que sostenía su honda. Nos acercamos. Se le veía todo al barrio desde arriba. Nos mostró lo que escondía al costado del tanque: una lata con un paquete de puchos y un encendedor. Quiero probar, pedí. Sacó uno, se lo enganchó en la boca y fue a prender. Se lo sacó. Prendelo vos. Me lo llevé a la boca y me lo sacó de un manotazo. Qué te hacés. Se lo volvió a llevar a la boca y lo prendió. Largó el humo. Ahora sí, respiralo. La Meli se quejó: sos más tonto.

No supe a quién le decía, tampoco pregunté. Me lo llevé a la boca y me doblé de tos. El Mauro arrancó a reírse y se agachó, con el cigarrillo en la boca para darle acomodo a lo que guardaba en la lata: monedas, un rollito de billetes atados con un pañuelo de los de varón y un mazo de cartas para la escoba de quince. La Meli se curvó un poco encima de él para verlo hacer. Mauro la miró sobrador a la cara, después bajó la vista al torso desnudo y le apoyó la brasa rojo vivo en la piel. A la izquierda, un poco más arriba del ombligo, la marcó. La Meli saltó hacia atrás de reflejo y largó el llorar, de reflejo también. Con las manos se tapó el torso. Salió apurada y desapareció bajo la chapa. Nosotros parecíamos lo mismo y andábamos juntos, pero no la seguí. Nos quedamos solos con mi hermano varón. ¿Por qué la quemaste? No supe porque no me respondió. El techo estaba lleno de piedras que el mismo Mauro revoleaba desde abajo. Quiero agarrar un bicho grande. Le ayudé a agrupar las piedras. Solo caminábamos en la parte de membrana. La chapa muy ruidosa, temblaba. Junté cinco piedras. Las sumamos a las de él: quince piedras. Eran toscas comunes, algún pedazo de ladrillo y cantos rodados. Mauro comenzó a tirar a los pájaros. Gorriones y palomas. Pasaban cerca las piedras, despeinaban las plumas. No era malo en puntería, pero la puntería es como la matemática y la lotería: le embocás o le errás. Y si le errás, por más cerca que pasés, por más pluma que despeines, es aproximación. Y la aproximación es de perdedor, no sirve para nada. Quiero una gallina de la casa de al lado. Las piedras caían con fuerza a las patas de las gallinas. Levantaban la tierra seca. Quiero probar, pedí.

Me pasó la honda. El mango estaba transpirado y resbalaba. Lo sequé con el borde de mi short. El sol nos hacía ciegos. Busqué y encontré la sombra que hacía el tanque de agua sobre la membrana. Me paré dentro de la sombra y miré las gallinas.

Las del lado vecino eran cinco. Animal triste, si hay alguno, es ese. Débil, sin brazos para defenderse. Con razón comerlas. Conozco porque nosotros habíamos criado. Las trajimos en el amiocho, de un galpón grande grande, de chapas opacas y transparentes, que dejaban pasar la luz y la sombra al mismo tiempo. Suelo de tierra. El mismo suelo adentro que afuera, lo mismo de los dos lados, como en la casa del Pájaro. Eso es bueno, porque para entrar no tenés que sacudir los pies. Barrer no es obligación. Llegar embarrado no es problema. Tampoco tener que esperar que se seque para pisar, cuando acaban de pasar el trapo o la cera. No es importante volcar la jarra de jugo sobre ese suelo, por el jugo sí. Un piso de tierra es un gran alivio para la limpieza porque es sucio de lo que es: tierra. En el verano con manguerearlo mantiene todo fresco. Por estas ventajas sería que el Pájaro no se gastaba en asfaltar su casa por dentro. Siempre que volvíamos de visitarlo mamá insistía: en donde el Pájaro vivían como chanchos. Viste el olor, viste la tierra, viste la mugre. Sus palabras se me perdían. Que no podía concentrarme ni valía la pena, porque mirando pasar por la ventanilla el cordón cuneta desarmado de tierra, charcos y pasto mal crecido podía imaginar con este pensamiento: cuando se está por largar a llover, estos suertudos no solo tienen mismo piso de tierra adentro que afuera, sino también mismos perfumes. Perfumes de lluvia. Eso me distraía. Los chanchos sí que saben vivir.

El galpón tenía gallinas en libertad, porque correa no tenían, y podían andar enloquecidas y gritar para que las suelten. Descontroladas se daban entre ellas, confundidas en la nube de tierra que armaban por inquietas. Eran cientas. Con un palo de hierro doblado en la punta con forma curva, misma que un mango de paraguas, las pescaban a las locas del cogote. Si vos pedías me llevo cinco, te pescaban cinco. Si pedías cuatro, cuatro. Si seis, seis. Tres, tres. Compramos cuatro.

Fuimos con la Meli y nuestro papá. En la casa, mamá y la Lore viendo tele. El Mauro andaba suelto.

A la vuelta papá sonrió casi todo el tiempo. Era un hombre prosperado con cuatro hijos y cuatro gallinas. Para nada mal. Volanteaba el coche con cuidado, para esquivar despacio los pozos de las calles de tierra, sin que las gallinas se golpeen. Tampoco los hijos, pero nosotros teníamos brazos con manos para sujetarnos y no caernos, ellas no. Sostenerse es una posibilidad importante. A nosotros algo nos revolvía la panza, pero disfrutar disfrutábamos lo mismo. A la Meli tanto le gustó que por un tiempo dijo que de grande iba a trabajar ahí en el galpón. Anduvo así varios días, meta practicar con un paraguas engancharnos a nosotros de los tobillos si le pasábamos caminando cerca. Tampoco que nos corría, pero buena cazadora hacía promesa.

Cuando llegamos a casa papá armó rápido un ranchito en el fondo. Con la Meli le aliviamos, sosteniendo con nuestras manos chapas, maderas o pedazos de tambor de aceite. Materiales nobles. Lo ayudábamos para que él pudiese martillar preocupado solo por la calidad del golpe del martillo. Después metió las gallinas dentro. Quedaron quietas, que ni lugar tenían para portarse mal. Quietas de asustadas, que el miedo paraliza. Quietas de cansadas, que de correr. A mí y a la Meli también nos hacía cansancio. Y nos quedamos mirándolas, del otro lado del alambrado y chaperío. Ellas también nos miraban, nos miraban raro, porque miran de costado. Del sueño bostezamos varias veces y ellas nada, porque son bichos que hacen poco de lo que se llama expresivo. Y menos hicieron desde que llegamos y las metimos ahí. Habrán sido tristes, porque son idiotas pero no tanto, se notaba que ya no las íbamos a soltar y ni brazos tenían para ayudarse.

Nosotros tan contentos que estábamos, que cenamos lo más bien sin pelear. Casi sin preocuparnos por hacer la división de la olla, porque la imaginábamos en el futuro llena de gallina gris. Charlamos entre chicos y adultos. Les contamos al Mauro y a la Lore lo que vimos, que era nuevo. Acompañamos nuestras palabras con dibujos de todo, para hacernos entender. Ejemplificamos con la casa del Pájaro para que puedan imaginar. Papá nos ayudaba la memoria comentando también. Esa noche teníamos cuatro animales que antes no teníamos y a ninguno le pusimos nombre. Miré las gallinas del vecino, pensé las nuestras. Limpié mis pensamientos, levanté la honda y tensé los elásticos. Miré el paisaje, había un paisaje: el cielo celeste y las copas de los eucaliptus. Más abajo el patio vecino: los tamariscos, las gallinas y los yuyos. Una montaña de arena cuidada de la lluvia bajo bolsas de consorcio. Eso también miré y también era paisaje. Un tambor de aceite, paisaje. El galponcito techo de chapa, paisaje. Las bicis, paisaje. La soga para la ropa, paisaje. Nuestra pelota embarrada, que se había escapado por el paredón, paisaje. Todo paisaje. El cachorro del vecino, que corre todo lo que le da el largo de la correa, hasta que la soga le ahorca y le tira el cuerpo hacia atrás: paisaje. Ahora lo tienen atado pero otras veces anda suelto. De esas veces, al principio se venía a torearnos, pero lo atajábamos con pan con dulce hasta hacerlo amigo. Ahí aprendimos su nombre, que él sí tenía uno, no como las gallinas. Se llamaba Frodo y todo negro que era.

El Frodo también nos vio y estoy seguro de que él también pensó paisaje al vernos, porque saltaba y nos hacía fiesta. Los paisajes alegran. Volví a limpiar mis pensamientos y puse el ojo en la piedra, abrigada por el cuero y apretada por mi mano. De ahí llevé el ojo a las gallinas, al grupo, moví el arma. Recorrí el conjunto de tontas con la visión. Tenía que elegir una y elegí.

Esa —pensé para mí—, la café con leche, y llevé el ojo al bicho, el ojo a la piedra de nuevo, el ojo al bicho, para ajustar mi arma. La piedra comenzó a pedirme que la suelte en la fuerza que me hacía. Pero le dije que todavía no, tensando más los elásticos hasta apoyarla en mi pecho. El cuero comenzó a patinar de mi mano transpirada. Aguantá un poco más, le pedí, que todavía no estoy seguro.

La piedra, el bicho, la piedra. El bicho, que ni enterado de su suerte. El cuero transpirado, la tensión del elástico, la piedra. Solté, se me escapó, y salió disparada, cortando el viento. Mauro fumaba al lado mío en silencio. Sin enseñar nada. Abajo, en la casa, la Meli con manteca en la quemadura y sin llanto, hacía artesanías: pintaba unos huevos, que mamá le había vaciado de la yema y la clara sin romperlos. Para vaciarlos se hace un agujerito en la parte de arriba, picando suave con la punta del cuchillo. Después otro debajo, picando apenas con el mismo cuchillo también. Hechos los dos agujeros se sopla por uno, para ayudar a que por el otro hueco salga lo de adentro. El secreto es saber medir la fuerza, y ella sabía.

Papá dormía la siesta, a oscuras se mentía: está fresco y es de noche, para descansar mejor.

Arriba, el Mauro y yo. En el patio del vecino, el Frodo y el grupito de tontas, que ni ponedoras eran, no servían ni para parir. Y por último, uniendo los terrenos, la piedra. La piedra salió disparada de mis manos, arrastrada en el aire por los elásticos de goma, hacia al bicho. Cuando la solté perdí el control, supe después. Ella hizo lo que quiso. Confundida por el viento, pasó por encima de la boba café con leche y fue a pegar, duro y seco, en la frente del Frodo que, llevando los ojos hacía atrás, dejó de ladrar y se fue al piso. La piedra también cayó al suelo, suave y silenciosa, ni tierra levantó.

¡Qué se hace la inocente de la cagada que se mandó! reproché a la piedra, casi llorando, que no quise reconocer. ¡Ni tiempo de llorar, maricón! Me despabiló el Mauro, y tironeándome del brazo me arrastró a bajar. Salí detrás de él. Apurado, enganché el pie izquierdo en el caño del tanque de agua y me fui de boca sobre la membrana. El Mauro, adelantado, no tardó en desaparecer bajo el techo de chapa. No me dejes solo, alcancé a pedir, pero desapareció lo mismo.

Comencé a sentir cómo la membrana caliente se hacía fría, bajo agua que se deslizaba por mis costados. No tardé en entender: el tanque se vaciaba por los caños quebrados entre mis pies. El agua se descargó a presión sin frenos, desbordó del techo y cayó, por la membrana y por la chapa, sin discriminar.

Dentro de la casa la Meli avisó: lluvia.

Mamá y la Lore abandonaron la pantalla del tele y miraron al ventanal. Quedaron sorpresa por el chaparrón plano, que apareció sin avisar y duró pocos segundos. ¿El Manuel? ¿Dónde es que anda, el Manuel?

De la cama saltó su marido alarmado por el barullo. A él no había manera de confundirle. Y sin decir nada a la esposa que le preguntaba que qué pasaba, salió al fondo. Volvió a entrar casi sin tener tiempo fuera, conmigo y el Mauro agarrados del brazo con fuerza, para que no hubiera escape. Apoyándonos contra la pared nos explicó con el cinto que estábamos mal. Nosotros respondíamos con llanto y pataleo. Acepté los cintazos, que eran por el tanque. Pero los acepté por el otro daño que había hecho, el del Frodo. Que sabía que las cosas nombradas hay que hacerlas durar y no matarlas. Lloran, ni que los estuvieran matando lloran. Y más llorábamos.

Cuando papá terminó, nos despachó a la pieza. Más calmado pudo informar a su mujer: estaban en el techo, rompieron el tanque de agua, qué me va a salir arreglarlo. Ella, que era buena en repartir, respondió: la Meli antes también estaba.

Sin decir ni que le dijeran nada, la Meli abandonó la artesanía: acostó despacio los huevos huecos, para que no se quiebren, sobre un trapito. Metió el pincel en un vaso con agua, para que no se seque la pintura y se le arruinen los pelos. Levantada de la silla, se acercó a la pared y se paró con la frente pegada contra ella, para recibir lo que le correspondía.

Todo indica que esa tarde papá tendría quince cintazos para dar, porque le dio cinco a cada uno de los hijos, que merecían. Merecer, merecer. Pero tampoco estamos seguros del total, puede que se haya guardado algún vuelto. La Lore miró toda la secuencia, con el susto de que olvidaran que ella estaba del lado de los adultos y le repartieran también, de rebote. Pero nadie olvidó y ella pudo quedar segura. Con la frente apoyada en la porland, la Meli apretó los ojos, llenó la panza de aire y aguantó. Distinta a conmigo, no lloró. Y es que parecíamos lo mismo y andábamos juntos, pero a esa altura ya comenzábamos a diferenciarnos.

A ELENA LAS COSAS le fueron dadas. El nombre, la piel trigueña, el cuerpo magro y la pollera para que se le saque la costumbre de subir a los árboles. El marido, en cambio, lo había elegido. Pero lo mismo sentía que le había sido dado, como todas las otras cosas que le cayeron al voleo, sin saber ni preguntar.

Parecidos el marido, el nombre, las polleras, la piel y lo magra, con la tierra que todos los días vuelve a cubrir el piso por más que se lo barra. En cada reunión de la iglesia siempre oraba gracias por el marido que me has dado.

Ahí estaba lo dado y con eso vinieron la Lore y las gallinas. Después el Mauro, que le siguió la Meli y último el Manuel. Todos paridos en escalera.

Meses antes de que naciera Lorena, Elena tenía preparado lo necesario. Rollo en la cámara de fotos, ropa de bebé en un bolso y camisón limpio. Un moisés, regalo de Gerónima. Y un nombre, que escuchó de una película de amor, una noche que se puso la ropa de salir y el marido la sacó a pasear. Lorena, ¿por qué eres tan bonita? Escuchó Elena preguntar al galán y le pareció tan hermoso que decidió tomarlo y dárselo a la primera de sus hijas.

Mauro también lo escuchó de una pantalla, pero fue dentro de su casa, en la novela que pasaba la repetidora de aire. Era un galán en disputa: fuerte, bien vestido y bien peinado. Siempre con la palabra justa. De ahí que eligió ese nombre y se lo dio como una bendición a su segundo hijo.

Ya con la Meli fue distinto. Extrañaba mucho a Gerónima en Buenos Aires y quedarse en la casa no le convencía, aunque el marido le explicara que ese era su trabajo y fuera cierto, porque hacer hacía. Pero se cansaba o se aburría de estar sentada y levantarse tantas veces a renovar el agua del mate para volver a sentarse. Guardaba ilusiones en que los hijos le salieran materos. Para eso hacía falta tiempo, y mientras tanto la casa estaba llena de bebés, que siempre andaban pegoteados con alguna cosa y ensuciaban todo. Pegoteados con el hambre, con el frío, con el sueño, con los virus, con el llanto, con el desvelo.

En esa soledad ruidosa y pegoteada, desapareció por tercera vez el sangrado y apareció la sospecha de una posible existencia. Elenita, casi dada por vencida, le contó a una vecina. La vecina, al escuchar, le ofreció el dato de un hombre que se lo podía sacar. Le anotó nombre y dirección en una hoja de agenda que dobló a la mitad y a la mitad de la mitad, y la guardó en el bolsillo del vestido de Elenita.

Vos pensalo.

No se animó a abrirlo y leerlo, pero pasó toda la tarde abrazada con la mano al cuadradito de papel en su bolsillo. De ese abrazo sacó ánimo para dejar la casa en orden y esperar a su marido. La casa en orden era ella sentada en la mesa de la cocina, las criaturas bañadas y mandadas a dormir temprano, el lustre en los muebles, la cera en el piso.

Cuando Ismael llegó, escuchó el silencio de los hijos dormidos y vio a Elenita en su lugar. Le dio un beso en la frente y sintió el perfume de la limpieza. Fue a tomar baño, volvió y sentó en la mesa.

Hablá mujer.

Antes de hablar tomó aire y se abrazó fuerte con la mano al cuadradito de papel. El cuadradito, quien la comprendía, le hizo ternura con un beso en la yema de los dedos.

No se hubiera animado, pero es el marido quien decide no cuando cuentan la historia. Entonces, con la última patada que dio en el fondo del pozo, Elenita tomó impulso, nadó hasta la superficie y la bautizó con el mal que la aquejaba: la palabra Soledad. El segundo nombre iba a ser más olvidado, lo había leído de una bolsa de zapatos y le había parecido lindo.

La panza creció y finalmente, un Jueves Santo, con veintitrés años, rompió bolsa. Dejó a los otros dos con la vecina, tomó un taxi y viajó a la maternidad. Hizo trabajo de parto mientras su marido trabajaba en la oleaginosa. Cuando él llegó al hospital estaban ahí las dos juntas. Elenita dice que estaban las dos solas, pero estaban las dos juntas. Ella con la cara hinchada y la criatura acurrucada, con un body celeste, en una cunita a su lado. En las apariencias todo estaba bien, pero lo cierto es que la presión alta le había golpeado con fuerza un ojo y no veía nada. Tal tragedia la devolvió a los brazos de Gerónima para poder operarse y fue su marido el encargado de anotar a su hija. Entonces, cuando la empleada pública preguntó cómo van a ponerle a la criatura, él leyó la palabra escrita en la bolsa de zapatos, donde llevaba el papeleo, y dio la última palabra: solo Melisa.

Melisa, los primeros meses se la pasaba llorando como un chancho. Elena se aturdía: comen como chanchos, duermen como chanchos, lloran como chanchos, viven como chanchos. Los chanchos son animales de poco pelo, sucios que se pegotean con todo, mantenidos vivos y engordando para ser comidos en la adultez.

No se devora así nomás como sí sucede con una manzana, un huevo, una torta frita. Pasa por una serie de pasos de preparación para su muerte. Se lo deja encerrado para que no se ande moviendo y pierda peso. Que coma porquerías tranquilo. Rara vez, en algunas familias se los deja andar más libres y hasta se los hace parte si algún niño le pone nombre, se encariña con él. De esas veces se sabe que los chanchos son bestias que con acariciarles la panza alcanza para que se queden dormidas. También se sabe que responden al ser llamados por su nombre y les gusta tomar baños largos.

De esas veces también se conoce que no es cierto que el chancho llore siempre sin motivo. Lo contrario, es un bicho bastante relajado y feliz, al que no le importa nada. El día que más se queja es el día en el que le llega la hora. Llora y se revuelca porque son bichos inteligentes, como lo son todos, y sabe que se le viene la muerte. Algo que cualquier bestia nota cuando le toca, menos las gallinas. Estúpidas son que ni se dan por enteradas. Tal es lo que les cuesta entenderse muertas, que todavía después de que cayó el hachazo que les desprendió la cabeza, ni sospecha sienten de su estado y caminan decapitadas como si nada. Algunas hasta levantan vuelo. Idiotas.

En cambio el chancho sospecha desde que nació lo que le viene. Consiguió leer su destino de chancho en su comida y en su lugar para dormir. Imaginó y escuchó a otros como él ir a cumplir con su suerte, si es que no vio. Igual, más que nada hace su sospecha en que nunca nadie le tocó. Hasta para pegarle usaron rebenque. Pasó su vida esperando por ternura. Por eso, el día que los adultos intentan tocarle, desconfía. Ese día, los hombres de la casa lo prenden de las patas, y aturdidos por el barullo más escandaloso y triste, le apuñalan el pescuezo. Y es ahí, cuando entra y sale el cuchillo, que el animal no se da por vencido y llora todavía más alto mientras se desangra. Será su forma de no entregarse.

En Buenos Aires no pudieron salvarle el ojo a Elena. Su marido, siempre que hablaban de que Dios era misterioso, bromeaba con que él no entendía por qué Dios se la dejó media ciega a su mujer, en vez de dejársela media muda.

Ni te sale, te querés hacer el gracioso y ni te sale. A un soplo en el corazón le echaban la culpa de que la Meli se la pasara llorando como chancho y la sacaban a la vereda para que sola se le pasara la maña de llorar. Pensarían que el árbol, que tampoco pidió ser madre, iría a arrullar a la criatura hasta curarle el llanto. Pero lo cierto es que funcionó. Tanto funcionó, que Elenita siempre quedaba sorpresa de que fuera la Meli la única de las bestias que ni lagrimeara, cuando los chanchos de la casa se portaban mal y merecían chancletazos.

Cuando nació el último, Elena ya estaba con demasiada costumbre de que le fueran dadas las cosas. También quitadas. Ahí será que se explica que cuando la internaran llegara sin nombre para la criatura que se le estaba por dar. Será por eso que durmiéndose, después de tamaño esfuerzo que hizo para recibir lo dado, se sintiera tan cansada hasta pensarse. Y cuando se pensó, lo hizo más asomada al mundo de los sueños que al de los vivos y pudo hablar y confesarle a la enfermera que no había traído nombre para la criatura. Entonces, la enfermera le abrazó la mano, cual cuadradito de papel en su bolsillo, y le convidó: Manuel, ponele, como mi sobrino.

Le quedaron cuatro hijos.

Nací allá y viví toda la vida hasta que me casé con mi marido y salí de mi casa con el vestido blanco que me hizo mi madrina Aurora, que era modista. Decir bonito es poco, para el vestido que era mejor que comprado de negocio: cola de tres metros, doce capas en la falda que le daban volumen, cuello cerrado, canesú en corazón y mangas largas, porque era invierno.

Hasta ese momento yo había tenido una vida: trabajaba en Gas del Estado, donde mi papá Tito me había hecho entrar, porque hacía un tiempo lo había hecho entrar a él un amigo de la timba. Vivíamos en la casa con él y mi mamá Gerónima. Nunca había vivido en otro lado: ni otro barrio, ni otra cuadra: nacida y criada, que se dice. Nuestra casa era muy linda: tres habitaciones y piso cerámico; llena de ventanas que la hacían muy luminosa. También garaje donde mi hermano guardaba su fiat 600. Toda la fachada era rosa claro y rejas amarillas. En el living teníamos equipo de música con tocadisco y pasa-cassette, juego de sillones de cuerina marrón, televisión color y una biblioteca baja donde mi papá guardaba su colección de libros que venían con el diario y dos enciclopedias de animales. El comedor grande: toda una pared a lo largo con juego de bajomesada y alacena; una cocina buena con cuatro hornallas y horno que cocinaba rápido y parejo; mesa para seis que se podía agrandar para ocho y juego de sillas de caño. También heladera con freezer. Lo más lindo de la casa de mi mamá eran la cocina y el baño: todo cerámico en azul y bañera grande. El fondo y el frente de la casa tenían jardín con frutales y plantas: rosales, limonero, jazmines, enamoradas del muro, hortensias y lo que fuera que a mi mamá se le diera por plantar le crecía. Para el fondo estaba el taller de mi papá Tito, donde arreglaba radios, televisores, enceradoras, ventiladores y lo que se rompiera de la casa y de afuera. Teníamos al Chiquito y a la Cuqui, que como siempre estaban teniendo cría llegamos a tener hasta seis perros. Y un loro teníamos, que dormía en el lavadero: el Perico. Murió de un ataque un día que nosotros estábamos de visita en lo de mamá. Cuando comenzó a gritar atacado, corrimos al lavadero y lo vimos al pobre pájaro agitar con fuerza las alas sobre su jaula. Ahí yo me enteré de que tuviera alas tan grandes porque no lo había visto volar ni una vez. Mi mamá lo intentó agarrar y la mordió fuerte en la mano haciéndola sangrar. Gritaba palabras sueltas, porque era un loro hablador, y me quedé impresionada porque entre las palabras que gritó, dijo: ¡Elenita, cállate! antes de caer al piso.

Ah, pero la casa no fue siempre así y las comodidades. Esto fue cuando yo fui grande y mi papá Tito entró en Gas del Estado. Antes de eso, teníamos mitad casilla de madera y mitad de material. Piso de tierra, batalla perdida. En ese entonces, mi mamá se los había llevado a vivir con nosotros a mis primos: la Sandra, el Felicito y el Jorge. La madre de ellos era un tiro al aire: le gustaba andar en los bailes, desaparecía y los dejaba solos por días. Ahí que mi mamá se los terminó quedando varios años, que pudieran ir a la escuela y estar cuidados. El Jorge había salido a la madre: se escapaba dos por tres. Salíamos a buscarlo y cuando lo encontrábamos mi mamá lo traía de los pelos a la casa. Nosotros que habíamos estado solos haciendo todo bien, las tareas de la escuela, la limpieza, darle de comer a los animales, teníamos que salir, buscar y ver después cómo el Jorge cobraba. Cobraba en serio. Nos hacía pena y no podíamos ayudarlo. Él, a diferencia del Felicito y la Sandra, no podía acomodarse a la vida. La Sandra tampoco se acomodaba muy mucho, aunque mi mamá la fajaba también cada vez que llegaba con el boletín hecho una vergüenza. Y es que no le daba la cabeza ni el corazón para las tablas, ni la cursiva. Yo me esforzaba por acomodarme, no quería hacerle más problema a mi mamá y hacía todo bien: las tareas y la limpieza. Reconozco que a los diecisiete me comenzó a gustar el rock y fumar. Mi prima Sandra, que no era buena para las tablas ni la cursiva, pero sí para otras cosas, me enseñó a limarme las uñas para que queden en punta y a pintármelas de rojo. También me enseñó a hacerme la toca y pintarme el pelo de rojizo. Era un color discreto, que apenas resaltaba la tendencia de mi castaño. Me quedaba hermoso. Ahí tenía la sonrisa grande, después pasó que se me fue achicando y se me arruinaron los dientes con los embarazos. Las cejas me las depilaba bien finitas y eso me ampliaba la mirada, según mi prima la Sandra. También fue después que perdí la visión de este ojo, el izquierdo, cuando nació mi hija la Melisa. Por eso, cuando pasó lo de la rama pensé: una hace tanto sacrificio para qué.

Bueno, mi mamá me tenía cortita pero todo lo que fuese de señorita me dejaba. Mi papá Tito mucho no se metía, no precisaba, pero como yo era más tonta, le fui a preguntar a mi mamá si me dejaba fumar y fue él quien me dijo que no. Muy haz como yo digo pero no como yo hago, porque él fumaba dos atados de veinte por día. Igual eso me salvó, porque a él se lo llevó el cigarrillo pronto. Me recuerdo cuando tenía los chicos chicos y volvía a visitarlos, tenía que salir de la cocina: todos asmáticos que salieron, se me ahogaban con la nube de humo. Cuando le pedí permiso para fumar, era una moda como pintarse las uñas, las cejas finas, la toca, los pantalones pata de elefante: quién diría que pasaría. Pero él no lo hacía por moda, tenía agarrado el vicio, tanto que tuvo que estar muerto para soltarlo. Él era muy bueno, pero tomaba mucho también y se peleaba con mi mamá. No las peleas como las que yo tengo con mi marido, diferentes: se decían cosas, sí; mi mamá por ahí rompía una maceta y se iba a llorar al fondo. No mucho rato después mi papá Tito iba con la pava y le hablaba dale vieja, tomamos unos mates y ya estaban abrazados de nuevo tomando mate en el fondo. A veces yo le cuento ese ejemplo a mi marido, para ver si lo toma pero no lo toma: cuando él se enoja conmigo es muy duro, piensa que si afloja yo me voy a encaprichar. No puede abrazarme, lo pone nervioso que llore y con suerte se aleja.

En casa siempre había alguno dando vueltas. Mis primos que, aunque después volvieron con su mamá, siempre iban a tomar mates y después los hijos que fueron teniendo iban a tomar la leche o a comer. Mi mamá fue la madrina de la Cintia, la primer hija de mi primo Jorge. Porque aunque ellos después se volvieron con la suya, que había sentado cabeza, vivían a pocas cuadras de nosotros. Siempre venían y abrazaban a la mía. Le saludaban hola tía, pero con un tono como si dijeran hola mamá. Yo no me ponía celosa, me parecía bien.

Si no estaban los primos, estaba alguna vecina o amiga de la casa. Estaba la gorda Alicia, que iba con su hijo Diego de mi misma edad y me enseñó a bailar el rock. Fue muy triste porque con su papá salieron en el coche hasta el Paraná de pesca y pasamos quince días sin saber nada de ellos, hasta que llamaron a la Alicia que fuera a reconocer los cuerpos. Reconoció y de ahí directo a nuestra casa. Entró como loca, no se le entendía nada. Entonces, mi mamá la arrastró de los pelos al fondo, la arrodilló a la fuerza y le hundió la cara en el fuentón varias veces hasta calmarla. Ahí la abrazó y lloraron juntas. Yo vi todo y cuando entendí grité ¡Diego, no! Una habla como si las palabras cambiaran algo. La Alicia vivió en casa unas semanas hasta que se animó a volver a la suya. Al tiempo nos visitó con mejor cara y me trajo los discos de rock para que me los quede. Pero a mí sin compañero de baile se me fueron las ganas de practicar y quedaron ahí guardados. A veces cuando mi marido no quiere ni música que ponga, me recuerdo del Diego de espalda, poniendo la aguja sobre el disco, la música comenzando a sonar y que me llama: Vení Elenita, que hoy lo sacamos; y pienso algo horrible sobre mi marido. Después le pido perdón a Dios y toco madera. No puedo decirle a nadie lo que pienso. Pienso: por qué si crecí en un barrio de viudas, justo a mí me vino a mejorar la suerte. Nunca lo dije en voz alta no sea que se cumpla. Bah, solo una vez y enseguida pedí perdón y toqué madera.

Mi mamá también es viuda. Yo crecí con mi papá Tito, pero mi papá fue Reynaldo que me dio el apellido Ginés. Él era de la policía. Una tarde, un rato antes de que terminara su horario, tomó un servicio: en la entrada de un edificio, un demente estaba amenazando a las personas, desnudo con una botella de ácido y un cuchillo. Mi papá Reynaldo le fue hablando y acercándose de a poco. El demente se hizo el calmado y cuando lo tuvo cerca le partió la botella en la cabeza y lo apuñaló. Todo esto delante de su compañero, que se quedó tan impresionado que no pudo moverse y ayudarlo. Mi mamá ya comenzó a preocuparse cuando era tarde y su primer marido no volvía. Cuando vio por la ventana estacionar un patrullero y a los vecinos reunidos en la puerta, salió a la calle y nadie, ni el mismo policía, se animaba a hablarle. Ahí entendió todo.

Después de ese día la casa quedó mitad madera y mitad material, porque una mujer sola con hijos no puede construir. Nos dejaba con la Verónica y se iba a trabajar de limpieza, que fue de lo que siempre hizo. A veces cuando esperaba el tren para ir a limpiar pensaba en tirarse, pero sabía que una por los hijos nunca puede hacer una cosa así, entonces con imaginarlo se conformaba. Y yo pensé que era así, que con imaginarse alcanzaba, pero ahora que se le cortó la rama a la Meli, vengo a pensar que no siempre, se ve.

La indemnización por mi papá Reynaldo no salió hasta que yo estaba a punto de cumplir quince. Cuando la cobró, lo primero que hizo mi mamá fue organizar mi festejo. Todo de último momento: me compró un vestido rosa y me llevó en tren hasta la casa de un fotógrafo que me sacó una foto con una rosa blanca en la mano. Esa la hicimos un cuadro que ahora tengo en el comedor de nuestra casa acá: mis hijos siempre me preguntan y yo les cuento estas historias. Después fuimos en el coche del fotógrafo a casa, donde estaba todo preparado para la fiesta. Todo muy sencillo, pero con baile, sidra, copas, servicio de lunch y unas empanadas que preparó la gorda Alicia. Una torta de tres pisos forrada con fondant con las tiritas para sacar un dijecito. Y los dijecitos de buena calidad porque los consiguió mi papá Tito, que por ese tiempo vendía joyería que buscaba en calle Libertad. Él también me regaló la cadenita con el corazón de los quince años, que todavía guardo en mi alhajero. Creo, si es que los chicos no me lo perdieron, que me tocan todo lo mío y no me dejan tener nada, tendría que fijarme.

FUERON PORQUE UN VECINO habló para Elena sobre variados milagros que hacían y no cobraban. Solamente pasaban un ofrendero y pedían una colaboración. Igual podés hacerte la que ponés y quedarte tranquila que pusiste. Los milagros iban desde arreglar caries, con oro en forma de paloma o crucecita, hasta recuperar alcohólicos. Elena quería que le sanen a los hijos del asma y de hacerse pis en la cama. Caries no tenía y tampoco le encontraba gracia al oro. En cambio el pis le estropeaba los colchones. El marido quería igual. También ayuda con las peleas. Aunque no estaba seguro que esa variedad de milagro hicieran.

Una noche fueron todos. Eran seis entre doscientos. A los hijos se les doblaba la lengua del perfume a choripán que llenaba el aire. Miraron por primera vez los detalles dorados del escenario y de las Biblias como si fueran promesas. Un escenario alfombrado de rojo y decorado con plantas de plástico. Encima el evangelista y una orquesta de piano, guitarra eléctrica, batería y coristas. Todos bien vestidos, camisa y saco. Las coristas pollera azul oscuro y camisa blanca. No estaban acostumbrados al barullo alto que venía de los parlantes. Aturdido, Mauro se apretaba los oídos con las manos. El padre lo cacheteó, que se suelte. Así no te van a sanar.

Sanos no fueron, ni oro vieron, pero todos se llevaron a Jesús en sus corazones. Eso era lo primero por hacer, todo lo demás vendría por añadidura. A Dios había que darle tiempo.

Aceptar a Jesús era fácil, se trataba de repetir una oración que contaba que el hijo de Dios andaba golpeando puertas. Y si le abrían él entraba y hacía morada. Por eso para aceptarlo ellos tenían que decir sencillo: yo te abro.

Esa noche le abrieron la puerta de la pequeña casa que daba a las vías. Cuando volvieron se había cortado la luz. Ismael encendió un sol de noche y lo puso sobre el modular. Elenita preparó algo rápido, arroz con huevos fritos, y cenaron conversando sin golpear los tenedores contra el plato. Todo paz. Y es que las cosas y ellos estaban igual, pero ahora Jesús los miraba y estaba entre ellos. Hasta anhelaba ayudarlos si ellos se dejaban, y se iban a dejar.

Mientras se llevaba el arroz humedecido en yema a la boca, la Meli preguntó quiénes no se dejan ayudar, pero. Los tontos, le enseñó el padre y se hizo la luz eléctrica. Era una señal. ¡Cuánta esperanza toda junta! Tanta, que una vez acostados los hijos, Ismael entró a la pieza, los tapó uno por uno y les besó la frente. Antes de quedar dormido besó a su mujer también. Cómo seguir.

Comenzaron a ir a una pequeña iglesia a una cuadra de la casa, instalada en un local mínimo donde antes funcionaba una carnicería. El pastor era un viejo de nombre Peralta. Con la campaña se le había llenado la iglesia de parejas jóvenes con hijos chicos. Pasados unos meses, Peralta comenzó a caer mal porque no le gustaba la guitarra eléctrica y tiraba más por los himnos tradicionales. También porque uno de los jóvenes, en un arrebato de no tener qué dar a Dios, puso un reloj pulsera en el ofrendero que después Peralta usaba combinado con su traje marrón. Entonces los congregantes se juntaron y decidieron destituirlo para tomar ellos el timón del barco. Así decían.

Cuando le reclamaron por el reloj, Peralta se defendió con que no le daban los números para ir hasta el centro a empeñarlo y para qué preferían que esté abandonado perdiendo pila. En ese momento Ismael y Elena se mandaron mudar para otra iglesia. Ismael fue quien mandó irse, no le gustaban los chismes. Tampoco entendía para qué lo del reloj, si en el ofrendero se ponía plata. Ganas de andar haciendo problema.

No se recuerda, pero salió un Jueves Santo y prematura. Así hablan, dos vueltas de cordón que si no hubiese sido porque se adelantó a la fecha, quién sabe. Es decir que cuando se le cortó la rama del fondo de su casa, fue la segunda vez que le pasaba. De la prematurez nunca se puso al día. Pesó nada, lo que un palito, flexible rama de tamarisco, que podía masticar y tragarse cualquier cosa sin mover la aguja de la balanza.

En certeza pesó algo, pero con el andar de las semanas no ganó peso como esperaba el pediatra. De ahí habrá sido que el hombre pensó mala madre, miró los estudios, levantó la cabeza haciendo que no y habló para la mujer que la tenía en brazos: esta criatura tiene desnutrición. Pero cómo, si la teta es que le doy la teta.

Los pediatras comparaban la libreta de nacimiento con la libreta de su hermana. Ahí que, aunque pesó más al nacer, fue quedando liviana en comparación con ella. Eso les parecía una enfermedad o un síntoma de descuido. Después de estudios y cosas de hospitales, hubo otro pediatra que alivió: está bien señora, tuvo una hija regordeta y otra que no, qué le va a hacer.

Esa fue la primera vez que se confundieron con ella. La segunda vez fue ese día que los llevaron al cumpleaños de Stella

Maris. Stella no tiene importancia, no hagamos esfuerzo en su nombre. Habían ido los tres hermanos que eran a su cumpleaños, la Lore, el Mauro y la Meli. El Manuel aún muy bebé, no. Stella era su compañera de escuela. Llevaba trazada en medio de la nariz una cicatriz blanca. Le habían quemado una vena. La cicatriz, sumada a un par de dientes de leche que habían abierto agujeros en su cara, la hacían verse vieja. Tal vez pobre. Esa rareza le hacía rechazo, pero por lo buena que era con ella más que ninguna otra, no paraba a pensarlo y eran amigas. En el grado, era la primera de la fila, así que Stella Maris, siendo más alta, se sumaba al grupo de nenas que la adoptaban de muñeca. La tenían de acá para allá, le hacían peinados o intentaban alzarla. La llamaban y se dejaba.

La adoptaban no por bonita sino por pequeña. De belleza era más bien ni fu ni fa: trigueña, rulo duro, magra y cabezona. Ojos mismos que los de Elena, almendra miel. Pelo siempre corto porque los piojos le iban encima como las moscas al dulce. Por el largo del pelo, los moños se le caían.

Será ahí que le hizo y no le hizo sorpresa cuando en el cumpleaños una vecina de Stella Maris se le acercó. En medio de la búsqueda del tesoro le preguntó si quería ser su amiga. Dijo sí y se vino a sentar junto. Preguntó si le gustaba el jugo, dijo sí y avisó que le faltaba jugo a su vaso. Preguntó si quería chizitos, sí y le alcanzó chizitos en una servilleta. Si quería palitos, sí y un montoncito al lado de los chizitos. Era solo un pelito más alta, sería la segunda o tercera de su fila. Iba a segundo grado también. Cuando contó su nombre, Camila, a la Meli le pareció hermoso, moderno.

Camila, clara y gorda. Pelo lacio arriba de los hombros, soñado. Jumper de jean color mostaza, borcegos marrones, medias de lana y camisa cuadrillé. Lo último de lo último, misma ropa que vendían en el centro. A la Meli le habían puesto un equipo de gimnasia rosado muy claro lavado, que tenía estampadas en el pecho casitas nevadas. En los pies soquetes blancos con puntilla y zapatillas negras limpias con abrojo. Camila señaló una de las casitas de su buzo: esa es mi favorita, le sale humo por la chimenea. Le dio golpecitos a la puerta: llamaría, que alguien salga.

La Lore tenía puesto lo mismo, pero su equipo de gimnasia en vez de ser rosado era más tirando a fucsia. Regalo de Gerónima que, para que no sintieran confusión en su amor, les compraba siempre lo mismo en distinto tono. Sin embargo era justo en la diferencia del color donde la Meli sentía diferencia de su amor. Digamos ejemplos. A la Lore le regaló una caperucita rubia y a la Meli una muñeca negra, con turbante rojo, pelo crespo y aros dorados. A una le dio una bici roja y a la otra azul. Esos son los regalos que se recuerda donde sintió que la amaba más a ella, pero ahora cuando se cuenta se nota que tal sentir no se justifica.

Mejor Camila tenía pelo crespo, mucho más que el de la Meli, parecido con las bolas esas de pelos que escupía su gata. En medio de una escena dramática la veía ahogarse y gritaba a su mamá llorando con fuerte desesperación: ¡Algo le pasa! ¡Algo le pasa! Rodaba el ovillito por la baldosa y la vida continuaba. Camila tenía también los dientes del medio un poquito separados, una tranquera abierta, se dice.

Después de jugar carreras de tobillos atados, el del pie izquierdo de una al pie derecho de la otra, Camila y Melisa ya eran como amigas de toda la vida. Como esas nenas estúpidas que les gusta contar: somos amigas desde las panzas de nuestra mamá. Algo que no hace sentido alguno más que refregar: vos desde siempre estás un poco sola.

Anduvieron gallinas sin corral toda la tarde. Cortadas por la misma tijera. Al final de la fiesta, encendieron música y se pusieron a bailar. Agarradas de las manos, hacían círculos. ¡Qué amigas que se hicieron estas dos! En medio de los giros, Camila contó cómo una vez vio pasar una nave por el cielo del patio de su casa. Ahí que Melisa pensó qué mentirosa, pero dijo sí, también vi, pero por el patio de la casa de mi abuela en Buenos Aires. ¿Cómo es? Gorda y con rulos, pelo gris, de nombre Gerónima. Tu abuela no, Buenos Aires. Es grande, tiene muchos autos, edificios altos y negocios, más que el centro. Hay grillos, porque clima húmedo y un beso de Camila le interrumpió el habla. Melisa abrió los ojos. Justo ahí le dejó al beso, cerca de la comisura derecha, un poquito más abajo. Y sin dejar que se recupere de tamaña emoción, se acercó y le avisó bajo, gusto de vos. Pero somos nenas. ¿Y qué tiene?

Se balanzaron, dibujaron círculos, algún saltito, un poquito de quiebre de cintura. Nada sabían de cómo bailar, inventaban.

Íbamos todos los domingos, que era reunión general. También algunos miércoles, que era reunión de oración. Los sábados era de jóvenes, a esa no podíamos ir. Los domingos de mañana era escuela dominical. A esa podíamos pero nos quedábamos dormidos. Las de los miércoles eran cortas y como iban poquitos, desarmaban las filas de las sillas de plástico blanco y las ponían en forma de círculo bastante redondo.

En la de los domingos había varios momentos, el primero era orar todos juntos con ojos cerrados, para dejar los problemas en la puerta. Leíamos un versículo de Dios es amor o paz. También de Dios es luz, podía ser. Esos eran los más comunes. Una vez vino un pastor de visita de Buenos Aires y leyó uno de Dios es descanso y otro de Dios es guerra, pero nunca más le invitaron. Más me gustaban los de la luz, que eran combinados con los fluorescentes del techo que hacían brillar los detalles dorados de las Biblias y las alhajas de algunas mujeres. Cuando mamá llevaba alguna alhaja le brillaba también y le hacía verse más bonita. Los versículos de la luz también eran combinados con el cuadrado luminoso del retroproyector sobre la pared. Pasaban las letras de las canciones para quien no las supiera de memoria las pudiera leer. Cantar y leer no son lo mismo pero se parecen.

Leíamos algo sobre la prosperidad y de dar con la alegría. Se pasaba la ofrenda, con una bolsa de terciopelo roja con una palomita pintada en dorado, muy lujosa. Si era plata para Dios así había que darla: con finura. A esa bolsa se le dice el ofrendero. Cuando llegaba ese momento, si papá tenía metía la mano en el bolsillo del pantalón vaquero para sacar. Nosotros atentos a ese movimiento suplicábamos: yo, yo, yo y hacíamos por favor con las manos. Si no tenía, no le veíamos meter y no hacíamos nada. No éramos buchones. No tener, para un hombre, es feo. Pero si le veíamos: yo, yo, yo y hacíamos por favor con las manos. Entonces él nos chistaba que nos calláramos y no le daba a ninguno. Un día entendí. Apenas empezaron a pasar el ofrendero y papá sacó para dar, la Meli y el Mauro, la costumbre: yo, yo, yo y a hacer por favor con las manos. Yo no hice. Le miré con cara y él me dio a mí. Puse la plata en el ofrendero y la Meli murmuró: ¿Qué se siente? Se sentía oscuro.

La oscuridad se puede sentir y fue sensación meter la mano, ese segundo adentro y sacarla. Lo más cerca que estuve en mi vida de esas magias que se ven en el circo. Un mago usa una bolsa mágica igual al ofrendero, pero sin la palomita dorada. En su bolsa él mete un pañuelito y saca una paloma verdadera. Verdadera sería viva. Cuando metí la mano en el ofrendero, la metí a fondo. Sentí lo que se siente y se sentía hermoso. La suavidad en la tela aterciopelada, pesada y roja. Magia no hice, porque distinto con un mago, metí pero no saqué.

La técnica de no pedir funcionó por unos domingos, pero me la supe aprendida para rato. Me fue útil para la escuela, donde al que se queda callado le dan y al que habla le niegan. Con el momento de la ofrenda me dejó de funcionar, porque ya después la Meli y el Mauro robaron mi truco. Comenzaron a quedarse en silencio y a mirarle al que nos daba, que era nuestro papá. Confundido, él no sabía a quién darle. Si de golpe éramos todos buenos. Hasta una vez le ofreció a la Lorena. A ella, la más grande. Pero no quiso.

El tercer momento de las reuniones de los domingos era el de saludar a los hermanos. Los hermanos eran todos los otros, hasta las mujeres. Todos los otros, menos el pastor que era el pastor. El Víctor, hermano. El Walter, hermano. El Jorge, hermano. Su novia, hermano. Mi mamá, hermano. El pastor, pastor. A la esposa del pastor algunos la llamaban pastora. Pero nosotros no hacíamos costumbre y le decíamos la esposa del pastor. Rara vez usábamos su nombre directo. Decíamos Patricia y después aclarábamos, la esposa del pastor por si no quedaba claro quién Patricia era. Todos éramos de Dios decían, pero además éramos de alguien. Yo era Manuel, hijo de Ismael y Elena.

Para que se animaran a saludar, el que dirigía la reunión insistía con estas palabras: ¡Rompa la fila y salga a saludar! ¡No sea tan estructurado! Nosotros no éramos tan estructurados, pero lo mismo no salíamos. Lo que sí que si venía alguno de otra fila a saludar le saludábamos también. A mamá, a la Lore y a papá le saludaban uno por uno. Papá mudaba al rojo su cara y daba la mano. Se le veía bien. En la mano se le marcaban los nudillos y las venas, como si saludar le fuese un gesto de fuerza, levantar ladrillos o una palada de arena. Al Mauro, a la Mell y a mí nos daban palmaditas en la cabeza, es que parecíamos lo mismo y como lo mismo nos daban trato.

La alabanza eran cuatro canciones rápidas, en las que se podía aplaudir y danzar, que sería saltar en el lugar. Casi nadie saltaba, pero poder se podía. Los que saltaban eran los vecinos, que venían a pedir que bajemos el volumen. Les aturde el bochinche les aturde, explicaba mi mamá. Qué bochinche, son los demonios que se les manifiestan por la gloria, corregía su marido.

La explosión de la gloria eran la batería, el teclado, el bajo y la guitarra. A eso le sumabas, si llevabas, tu propia pandereta. Había permiso para tocar en apoyo a los músicos de la iglesia y al ejército de ángeles, que estaban arriba de nosotros librando batallas. El pastor así contaba de ellos, de cómo peleaban con espadas por nosotros, sin que nos demos por enterados. Aunque enterados estábamos, porque él nos lo decía. Y siempre que volvía a nombrar la pelea de ángeles sobre nuestras cabezas repetía: ¡Pelean por usted hermano, y usted ni se da por enterado! Como si no tuviésemos mente para recordar, pero teníamos. Mientras otros hacían la guerra, nosotros sentados.

Las panderetas venían redondas de madera. Las mas modernas eran azules y rojas de plástico, con forma de luna o estrella y con agarradera de cuerina negra. Tenían chapitas brillosas que, bajo la luz del fluorescente, combinadas también eran con lo de Dios es luz. Era moda, si tenías tu propia pandereta, atarle unas cintas de colores que dibujaban formas en el aire con el movimiento del instrumento. Nadie se animaba a saltar, pero las cintas sí. Es que había que ser valiente para saltar delante de todos una música que ni siquiera fue hecha para bailar. Valiente o muy tonto. Y bueno, las cintas son cintas.

Las chicas grandes usaban panderetas. Los varones no. Así estaba dado. La Meli no podía usar porque era chica chica, pero iba a llegar. La Lore podía pero no tenía, por eso le prestaban de las que sobraban del coro. Y cuando ella la dejaba apoyada en su silla para ir al baño, yo le robaba. Hacía pecado bien. Le prestaban de las de maderas y sin cintas, pero le robaba lo mismo. Y con el instrumento en la mano, demostraba que empuñaba mejor que ella. Tocaba lo más duro y desparejo que me salía para que se me escuchara. Se me escuchara fuerte y claro. Le golpeaba contra mi pecho y mi mano izquierda. Le sacudía en aire y movía como espada, para sumarme bien sumado al ejército de ángeles que nos defendía, mientras nosotros ahí sentados. Que pelear es hacer ruido pero también moverse. Que un arma, una herramienta y un instrumento a la larga son lo mismo. Y que uno puede defenderse.

Cuando terminaba la alabanza, era el momento de pasar a dar testimonio. Alguno que se ofrecía pasaba al frente y contaba algo que quería agradecer a Dios. Desde haber existido esa semana, recibido visita de un pariente o tenido un sueño que dejó consuelo por una pérdida. Si nadie pasaba el que estaba dirigiendo invitaba a cualquiera al tun tun para que pase. Ese tenía que pasar sí o sí, porque la Palabra manda que hay que ser agradecido y contar de lo que se agradece, para que otros sepan. No sería lo mismo que chusmear porque acá solo se dice lo bueno. Chusmear es cuando lo malo y por atrás. Testimonio es lo bueno y de frente.

La combinación lo malo y de frente no estaba dada. Eso hacía que a veces pudiera ser complicado dar testimonio, pero uno se las puede rebuscar. Un domingo antes de ir a la iglesia, volvimos del parque para bañarnos y ponernos la ropa de salir y resultó que nos habían robado las gallinas. No supimos quién, pero fue uno que trepó por el paredón, y se ve que otro más, que lo esperó del otro lado del paredón, para recibir las gallinas que este que trepó le fue pasando. Las gallinas se habrán creído todas rescatadas, menos una de peor suerte, que cayó y pegó mal contra el piso. Pegó mal porque quedó ahí tirada. Las demás se fueron con los chorros, vaya a saber si a pie o en camioneta. No sabemos, huellas no dejaron. Y si dejaron se borraron cuando cambió el viento, que vivimos en calle de tierra seca, y algunas marcas se borran rápido. Lo que sí sabemos asegurado que llegamos del parque y papá avisó: nos entraron a robar.

Eso nos hizo ver que estaba vacío el chaperío que habíamos armado para que los bichos estuviesen. Y nos pusimos a imaginar cómo y quién. Pero mucho no pudimos pensar porque mamá se venció: ¡Estamos meados por los perros estamos! y se largó a llorar, arrodillada en el piso, con la cabeza entre los brazos. La Lore se le arrimó, se arrodilló y se puso a llorar lo mismo. Los demás las miramos quietos y de pie. Hasta que papá se ve que pudo moverse, porque se movió y abrazó a su mujer. Ya está, pongansé la ropa de salir que vamos a llegar tarde. Si siempre llegamos tarde, le contestó el Mauro. No se sacó el cinto y le dio un cintazo no porque no mereciera, sino porque habrá sido triste y la tristeza saca hasta las ganas de golpear. Que no podía traer a las gallinas de vuelta y moler a palos a los chorros, para que su mujer dejara de llorar. Nos pusimos la ropa de salir y salimos andando para la iglesia sin decir palabra.

Llegamos tarde, cuando ya habían pasado el ofrendero. Al menos eso a nuestro favor. Nos sentamos casi al fondo y no va que llegó el momento de los testimonios y nadie se ofreció a pasar. Entonces, el que dirigía le invitó a nuestro papá. Lo animó: vamos Ismaelcito, no seas tímido.

Ismael era nuestro papá, pero nos sonaba tan raro cuando alguien se lo decía que parecía que hablaba de otro. Hasta mamá le decía papá o marido cuando se refería a él, entonces casi que estábamos olvidados de su nombre. Tenía tres nombres contados: un nombre de hombre común, que era Ismael; más dos nombres de padre, que eran papá y marido. Cuando los hijos teníamos que nombrarlo decíamos Ismael, y aclarábamos, nuestro papá. Y cuando su mujer tenía que hacerlo decía Ismael, y aclaraba, mi marido.

Pero la cosa es que cuando el que dirigía le llamó Ismaelcito, hizo recuerdo de su nombre de hombre común y de que podía haber alguien más grande que él. Igual nunca había. Dejarse ver hombre común y pequeño es un permiso que difícil un padre puede darse.

Ismael caminó al frente y le pasaron el micrófono para que diera testimonio. De pie frente a la congregación, con una mano en el bolsillo del pantalón vaquero y otra sosteniendo el micrófono negro como si hiciera un gesto de fuerza pero no hacía, mudó su cara al rojo y contó para todos lo que nos había pasado. Medio por arriba, sin lujo de detalle. Y dio gracias a Dios por la gallina que se les cayó a los chorros y golpeó mal, porque nos había quedado eso, que todavía servía y esa misma noche, cuando llegara a su casa, la iba a limpiar y poner a hervir.

Hubo otra vez que pasó a dar testimonio. Comenzó una tarde, mate en la cocina con mi mamá. Le contó que en la fábrica pasaban cambios. Los cambios eran que habían echado al Pájaro, al Castro y también al Perín. En el lugar de ellos no había huecos, había relleno de nuevos empleados contratados. Muy jóvenes, les tomaban por tres meses o seis y después les largaban a la calle, para traer nuevos. Contratado era una palabra futurosa.

Unas semanas después de las novedades, fui actor en la escuela. Me tocó hacer de gaucho. Para hacerlo necesitás un disfraz sencillo: camisa, pañuelo, alpargatas y un jogging más bien oscuro. Después unas boleadoras, que se hacen fácil, forrás canto rodado con papel crepé marrón para mentir el cuero.

Ese día llegamos del acto y mamá me dio permiso para dejarme el traje. Ahí que nos fuimos con la Meli al patio, a revolear. En eso estábamos, cuando lo vimos entrar. Quedamos sorpresos. Nunca volvía antes de la noche. Tenía puesta la ropa de siempre: camisa y pantalón gris oscuro, medio azulado. Los botines punta de acero. Su mujer salió a recibirlo:

¿Qué fue?

Me echaron.

Ella primero pensó que la estaba cargando, porque preguntó ¿Me estás cargando Ismael? ¿Me estás cargando? Y después lloró: estamos meados por los perros estamos. Su marido aunque su cara quieta pudo mover el cuerpo, porque se movió y la abrazó, un rato largo. El Mauro, la Meli y la Lore se quedaron mirándoles. Los hijos, aunque entendíamos, no podíamos ver para adelante. A mí me distrajo la boleadora en la mano. Noté la rugosidad del papel. No se veía como cuero. Era una piedra pobre envuelta en un papel sucio. La desarmé, se lo merecía. Arranqué el papel crepé del canto rodado y miré la piedra desnuda sobre mi mano. Un coscorrón en la cabeza me llamó: ensuciaste todo el piso ensuciaste. Nos va a comer la mugre.

Era la voz de mi mamá, una mujer asustada.

Mi papá llegó esa tarde con las manos negras de grasa, por el trabajo. Eso hace seguro cómo sucedieron las cosas. Las cosas sucedieron así: mientras él estaba entre engranajes y ruidos de máquinas y motores, alguien le llamó a su oficina y le dijo con mucha claridad, para evitar malos entendidos, que se vaya y ya no vuelva. Sería que le dijo que no vuelva a treparse por la escalera estrecha al silo, llegar a la cima y sentir el aire un poco más liviano, sin tanto perfume fabril del girasol. Mirar las palomas que custodian el cielo de la fábrica y pensar que le gustan, aunque su fama de sucias. Ver desde la altura el techo mitad chapa y mitad membrana. El patio de nuestra casa a la vuelta de la oleaginosa. Notar que está vacío o notar que estamos metidos con baldes y palas en la arena playera para la construcción. Silbarnos. Esperar a que respondamos levantando la mano con la Meli y el Mauro. Mirar el fondo del cielo, si está con nubes saber que se viene tormenta. Sentir en qué dirección viene el viento. Casi siempre sur. Volver a bajar y seguir con sus tareas. Si sabe, por la oscuridad del fondo del cielo, que se viene una tormenta muy brava, pedir prestado el teléfono y discar 55 26 50. Hablar a su mujer, dar aviso que baje la ropa de la soga.

Chau, Ismaelcito. Ni tiempo para que se lave las manos habrán dado, ni se las habrán estrechado tampoco, para no ensuciarse las de ellos.

Después de ese día vinieron otros más bien complicados para dar testimonio. Será eso que faltamos varios domingos a la iglesia, hasta que salió la indemnización y compró el taxi.

Al tiempo que siguió a la compra, mandó ponernos la ropa de salir y salimos para la iglesia. Llegamos temprano y nos sentamos en la segunda fila. Puso en el ofrendero y pidió pasar por testimonio. De pie frente a la congregación, con una mano en el bolsillo del pantalón vaquero y otra sosteniendo el micrófono negro, mudó su cara al rojo y agradeció: por mi nueva herramienta de trabajo, que sería un coche y un legajo de taxi. Eso lo habría practicado para sus adentros en el camino. Después no habría practicado más nada y no sabría cómo seguir. Hubo un gran silencio.

Me toman poco y me cuesta.

Todo silencio. Aclaró que por no saberse bien las calles, se perdía y la gente que lo tomaba se enojaba, pensaban que se hacía el burro para pasearlos y cobrarles de más.

Me mareo entre las calles, la gente se me ofende y mi propia ignorancia, que sé.

Después otro silencio y ¡Bendito sea! alentó el pastor gritó desde su silla. Las voces de los hermanos lloviznaron ¡Tuya es la gloria! ¡Te bendigo! ¡Rey de reyes! ¡Príncipe de paz! Pararon y todo se hizo callado. Mi papá siguió por contar que, como de nada de eso tenía costumbre, a los pasajeros que se enojaban les cobraba de menos para decirles calma. Todo silencio de nuevo. Entonces Patricia, la esposa del pastor, fue la que gritó ¡Alabado! Y varios hermanos siguieron mezclados atrás de ella y del pastor, con brazos al cielo: ¡Gloria! ¡Aleluya! ¡Al que reina! ¡Al que vive! ¡Tres veces Santo! ¡El reino de los cielos ha llegado!

Cuando los hermanos bajaron un poco el volumen de sus alabanzas, papá siguió por aclarar que también cobraba de menos cuando se perdía, para mostrarle a Dios que confiaba en él y para obligarse a memorizar. Confesó:

Lo que estoy pasando que hasta Dios sabe que más de una vez me encontró en el asiento del auto llorando como si fuera una mujer.

¡Cristo salva!, acompañó el pastor y la iglesia entera estalló en pie. A ojos abiertos y cerrados, repitieron adoraciones en brazos levantados, aplaudieron y tocaron panderetas. El del teclado comenzó a tocar muy bajito un tema lento. No diferencié si era para cortina del clima de gloria o para que mi papá ya volviera a su lugar. Era hora de la prédica del pastor. ¿Sería que nuestro papá iba a volverse pastor? Entonces el hermano que dirigía se acercó, le habló al oído, le abrazó y lo devolvió sentarse con nosotros.

El pastor pidió a la iglesia que cerraran los ojos, dirigieran sus manos hacia la familia Desbats que estaba pasando una prueba de desierto. Oración por prosperidad y fortaleza. Pronto manantial.

Cuando nos fuimos nos dieron una bolsa. Camino a casa, el Mauro miró dentro de la bolsa: leche en polvo, harina, polenta y aceite. Ni unas galletitas con relleno, ni un pedazo de queso. Una vergüenza para esto. Si te hace vergüenza, no comas.

Después habló todo el resto de cuadras que quedaban hasta llegar. La fe le soltaba la lengua y nos predicó a nosotros que éramos su pequeña iglesia. Que él sabía que aunque se la pasara quieto, perdido y no le alcanzara, ese era el mejor trabajo que podía tener. Aunque sintiera falta de sus compañeros, el sonar de las máquinas y el perfume del girasol. También del hacer fuerza de las herramientas con las manos, la ropa de grafa y la hora del almuerzo bien marcada. Era el mejor porque lo había librado, por el resto de su vida entera que le quedaba, de volver a pasar por un momento así. Un momento que se parece como todos los días otros, hasta que de repente alguien llama y manda que te andes y no vuelvas.

Esa noche del testimonio, mi hermana la Meli lo soñó subido en un escenario de campaña evangélica, misma donde nosotros nos convertimos. Hablaba y en el suelo de tierra aparecían pedazos de hielo partido. Cuando lo contó, mi papá lloró:

Todo tiene propósito, hasta para un burro.

CON MI MUJER Y MIS HIJOS llegamos a Dios, en el momento justo, íbamos de guatemala a guatepeor. Mejor dicho, fue Dios el que llegó a nosotros; como bien dice su Palabra, en Apocalipsis 3:20, Jesús está a la puerta y nos llama; si oímos su voz y le abrimos, entra en nuestra casa y cena con nosotros.

Comparto esto porque Dios transformó mi vida, y sueño con que otros puedan tener la misma experiencia, de ser salvados: comenzar una nueva vida y volver a ser feliz. Yo no fui a buscar nada para mí a la campaña, fui por curioso: me había contado mi mujer que ocurrían cosas y fui y Dios me habló. Él nos está llamando a todos nosotros, a que prediquemos el Evangelio. Nos está llamando a que nos animemos. Capaz alguno piense: yo no sé. Bueno, no tiene que saber nada. Nada más tiene que decir: Dios ayudame, y largarse que va a funcionar, porque dice su Palabra: la mies es mucha y pocos son los obreros.

Era cierto que mis hijos tenían varios problemas: asma, alergia y se hacían pis en la cama. Yo de salud estaba bien. Lo que tenía era el mal de Chagas. Mi esposa tenía el ojo izquierdo que había perdido la visión y por ahora Dios no la ha sanado.

Tuve un encuentro muy importante con Él: desde un primer momento sentí cómo cambiaba mi vida. Desde un primer momento cuando volví a mi casa con mi esposa. Esa noche cuando quise aceptar a Jesús lo primero que hice fue mirarla. La tenía junto y le pregunté: Elena, ¿querés recibir a Jesús conmigo? Me miró y estaba llorando y yo también. Le había dicho unos días antes, y en realidad se lo había dicho muchas veces, el hombre que llora no es hombre. Así me enseñaba mi papá: el hombre no llora. Bueno, y yo entonces le repetía siempre a ella, que se quejaba de mi dureza: el hombre es fuerte, el hombre no llora. Tres días después o cuatro días después, yo estaba en la campaña, los parlantes rebotaban por todos lados, no entendía ni medio lo que decía el predicador, pero Dios me habló. Dios me habló tan claro y tan simple que empecé a llorar.

Ese día salí de la oleaginosa, volví a casa y me di un baño mientras Elena terminaba de bañar a nuestros hijos. Cuando llegamos estaba muy nervioso y transpiraba. Habría unas trescientas, doscientas ochenta personas, en el corazón de unos terrenos frente a la terminal de colectivos. Eran todas unas carpas armadas como de circo. Tres: una grande con escenario donde estaban el predicador y los músicos; una más chica donde se llevaban personas que se manifestaban endemoniadas; y otra más chica donde vendían todo cristiano: Biblias, libros, cassettes, imanes, señaladores. Bueno, yo ahí estaba nervioso, como ahora. No me es fácil dejar actuar a Dios, hasta hoy día es una lucha diaria. Pero el que tiene que obrar es Él, porque si lo dejamos obrar a Jesús, es fácil. Bueno, cuando me quiero acordar cortaron la luz. La cortaron a propósito. La ciudad estaba revolucionada: mirá que iba a ir un evangelista a predicar el Evangelio ahí, al aire libre, sin problema. Claro, cuando se cortó la luz, comenzó un lío que ni les cuento: empezaron a cantar y cantar con toda la furia y bajo una presencia de Dios increíble. De tal manera era la presencia que las personas que pasaban por la vereda se manifestaban, caían en la calle y algunos entraban arrastrándose. Yo sentía los cabezazos de las personas que caían al piso por la unción de Dios. Adentro de la carpa donde se llevaban los manifestados había un griterío y al costado mío otro griterío. Griterío por todos lados. No sabía qué estaba pasando. Cuando volvió la luz, un batifondo de gente: gente tirada, gente que entraba de la calle, gente que se golpeaba la cabeza contra el suelo, porque la presencia de Dios los volteaba y no había nadie que los ataje. Era todo un batifondo de gente que se venía abajo. ¿Qué dijo? Me preguntó mi mujer por el predicador que hablaba en el escenario, y yo ni sabía porque no podía parar de mirar y tratar de entender. Yo estaba, como quien dice, en el aire. Dios ese día hizo todo por su cuenta.

Cuando volvió la luz, el predicador dijo que Dios escogía lo vil y lo menospreciado del mundo. Sabía que lo decía por mí porque pude ver todas las miserias que el diablo había puesto en mi vida de generación a generación. Ya mi viejo se ponía nervioso porque se había enfriado la comida y daba vuelta la mesa o partía la puerta de una piña. Y no fueras a contradecirlo porque peor. Mi mamá nos tocaba por abajo de la mesa las piernas para que no habláramos. Mis hermanas lloraban y mi mamá también. Me tuve que ir muy jovencito de casa para evitar enfrentarlo. El diablo había destruido el matrimonio de mis padres y ahora quería destruir mi familia. Y si lo escuchabas hablar a mi papá, el padre era peor.

Entonces cuando el predicador preguntó cuántos querían aceptar a Jesús, levanté la mano. Estábamos con mi mujer y mis hijos parados porque no había sillas. Bueno, y recuerdo que levanté la mano y le toqué el hombro a Elena, porque yo quería recibir a Jesús. Dios había tocado mi corazón y yo estaba llorando tanto que no podía hablar. Así se me saltaban las lágrimas de los ojos. Le toqué el hombro y le pregunté: ¿Querés recibir a Jesús conmigo? Ella me miró y estaba también llorando. Después les pregunté a mis hijos, no los mandé nomás les pregunté y ellos también quisieron. Nos volvimos los seis abrazados hasta el coche, menos mi hijo más chico que ahí estaba bien nenecito y me lo puse en los hombros. Fue la noche más feliz de mi vida, porque nunca más nada volvió a ser igual.

Como nacer, nacieron juntos. Eran hermanos. El padre era de nombre Isaac. Todo aconteció bien, desanimado y tranquilo, sin problema alguno, hasta una tarde en que un pequeño viento azotó diferente los yuyos hasta entrar por la ventana. Esa tarde, la madre en el hacer de la casa, sacudir trapos o remendar cortinas, miró a su marido sentado en la silla de la que tenía costumbre, y le vio las canas, lo arrugado, lo achicado y lo quieto. Lo ciego también le vio. Pensó: está gastado. Isaac pasaba el tiempo y podía escuchar a su mujer hacer las cosas de la casa. La escuchaba sin verla porque estaba ciego. La ceguera no le dejaba hacer mucho y por eso no hacía nada. Estaba cansado y no tenía la destreza que tienen los que nacen en la oscuridad. Tenía sí la torpeza de los que pierden la vista porque se les gasta. Había desarrollado algunas habilidades, como escuchar a su mujer y hacerse imágenes de sus acciones: sacude trapos, cepilla alfombra, hace fuego. Cuchichea con Jacob, cuchichea con la empleada. Y fue un día que escuchándola sacudir trapos pensó por dentro: estoy gastado. Ahí llamó a Esaú, que era el primero de sus dos hijos:

Con tu arma salí al campo y cazá algo. Volvé y cociname guiso como a mí me gusta, que te sale tan rico. Después de comer te bendigo.

Bueno, respondió Esaú. Era un cazador de pocas palabras. Agarró su arma, pegó el cuchillo para el último toque que siempre es necesario, y salió al monte. Otras cosas que llevó fueron agua, un abrigo y un poco de pan, porque cuando se sale al monte se sale dos días por lo menos y de noche baja la helada. Se va preparado para eso y por si pasa cualquier cosa.

La madre tenía un lindo nombre: Rebeca. Rebeca escuchó lo que habló su marido con su otro hijo y llamó a Jacob. Jacob, menos callejero, siempre se quedaba dentro de la casa con ella. Si ella hacía dulce, él se acercaba y le preguntaba ¿Cómo se hace dulce? Si ella hacía cortinas, él le preguntaba ¿Cómo se hacen cortinas? Si ella limpiaba la alfombra, le preguntaba ¿Cómo se hace limpieza? Y si elegía una flor del jardín, preguntaba ¿Cómo se hace elegir? A Jacob le gustaba preguntar cómo y escuchar lo que la madre decía. No tenían muchas flores porque era un clima seco.

Jacob fue enseguida con Rebeca que lo llamaba y cuchichearon:

Tu papá mandó a Esaú a cazar, que le haga un guiso. Para darle la bendición, pero. Que ya está viejo. Así que andá al ganado, traé dos cabritos que le voy a hacer un guiso como a él le gusta para que vos se lo des. Total no ve, que está gastado.

Esaú tiene pelos en los brazos, si me toca se va a dar cuenta que soy lampiño, pero.

Vos traé.

Jacob trajo, y cuando Rebeca cocinó el guiso él le preguntó ¿Cómo se hace guiso? Ella entonces se dijo por dentro ¿Ves que estás cierta? y sintió alegría en su corazón. Después explicó a su hijo cómo se preparaba el plato y él la escuchó. Fue un momento lindo. Cuando terminó buscó una ropa con olor a humo y a tierra y le dio a Jacob para que se ponga. Era ropa de

Esaú. También le ató, en las partes del cuerpo donde a Esaú le sobraba pelo, cuero que le había sacado a los cabritos con el cuchillo. En las manos y en el cuello le ató. El olor del animal y la sangre ayudaban para la fantasía.

Qué asco, se quejó Jacob.

El primer hijo era Esaú y estaba en el monte. Le dicen campo o monte, pero no es lo mismo. Esaú gustaba del monte, que es menos domesticado que el campo. Menos alambrado. No hay ganado sino manada. Por eso podía cazar lo que se encuentre y nadie le podía decir ladrón, eso es mío porque Esaú lo cazaba también. Era buen cazador, es decir que donde ponía el ojo bajaba la muerte. Cuando se le vino la noche, subió a un árbol a esperar que algún animal se acercara a la laguna a tomar agua. El árbol era un árbol bajo, porque era clima seco. Desde la altura miraba que todo era más azul cuando se hacía de noche. Sentía que todo era más azul y diferenciaba que no se trataba de un azul azul, sino un color mixturado. Hubiese dicho azul eléctrico, pero no conocía la electricidad tampoco. Esaú no sabía nombrar tantos colores, aunque sí sabía verlos. Mirar todo medio azul lo ponía en calma. La luna iluminaba lo suficiente para su tarea y los ojos se le habían acostumbrado a la oscuridad. Por dentro, él pensaba y decía para nadie, porque estaba solo y nadie podía oírlo:

Si vuelvo ciego, voy a moverme cierto, porque no se me van a gastar los ojos con un saber de la luz del día nomás, sino con un saber de la luz de la noche también.

Desde el fondo hacia adelante alcanzaba a ver: todo negro y de lo negro el nacimiento del monte llano. Después la laguna, los arbustos, yuyos y espinos. Mientras esperaba tuvo otros pensamientos también. Pensó y dijo para nadie, porque estaba solo, la laguna está crecida. Prefiero cazar.

La noche se deslizó cariñosa sobre la tierra como una frazada de constelaciones y Esaú sintió al animal acercarse a la laguna, meter primero una pata delantera, después la otra. La izquierda, la derecha. Pasar la lengua sobre el agua haciéndola sonar. En cambio el animal no sintió a Esaú tensar el arma, apuntar, este es un sonido aún más pequeño, y disparar. No sintió nada. Mentira, sí sintió. Sintió el viento romperse rasgado por el arma, la punta que le abrió el costado del cuerpo, con la limpieza de un buen filo que raja una lona bien tensada. Después sintió la frazada de la noche caer pesada sobre él, obligándolo a recostarse y miró el monte azul oscuro casi negro. No es azul azul, pensó el animal antes de cerrar los ojos. Él, al igual que su cazador, tampoco sabía nombrar tantos colores.

Jacob se acercó a Isaac con el plato de guiso y le tocó el hombro.

¿Quién es? Desconoció Isaac.

Soy Esaú, tu hijo primero. Vine a que comas y me bendigas.

¿Cómo tan rápido?

Qué Dios más generoso es, me lo puso enfrente. El plato de guiso estaba bien hecho. La mujer conocía el gusto de su marido y la buena mano para la cocina de su otro hijo. Isaac comió callado. También tomó vino. Bastante vino. Tenía hambre, la ceguera le había afilado el paladar. A Isaac todos le decían Isaac, menos los hijos que le decían padre. Como si fuese un nombre, pero no era. Rebeca al principio había querido nombrarlo Is, para más dulce. Pero cada vez que ella decía Is, tal cosa, él preguntaba ¿Quién? Y ella explicaba, vos, Isaac. Y se desanimaba.

Cuando terminó el plato, el padre llamó al hijo que se acercara más y le dio un beso y le tomó las manos. Le sintió el perfume y le gustó, era a monte. La bendición era un montón de palabras.

Mirá, qué rico perfume que tiene mi hijo a campo. A animal. Que siempre tengas frutas de los árboles, trigo de la tierra para hacer pan. Pero que lo amase otro por vos. Animales, esposas, hijos. Que te hagan caso todos y te conozcan. Mis empleados. Tu hermano. Y si hablan bien de vos les pasen cosas lindas, pero si hablan mal de vos lo peor. Que Dios te haga favores.

Cuando terminó esas palabras había dado la bendición que era para el primer hijo, pero Jacob era el segundo.

Rebeca escuchó todo llena de lágrimas. Estaba parada entre ellos, pero como Isaac era un ciego sin talento no la había notado.

Por la mañana Esaú volvió de cazar. Cargaba sobre la espalda un animal pesado. Bajo la sombra de la parra su madre enjuagaba ropa en un tarro y su hermano en otro tarro la escurría. Levantó la mano para saludar. Ellos levantaron también. Sonrió.

Está en cueros, cuchicheó Jacob a Rebeca.

Esaú hizo el fuego y cocinó todo sobre leña. Hirvió arroz, cortó cebolla y la fritó, mientras tomaba vino y la carne se enternecía. Afiló el cuchillo. Sirvió dos platos de guiso y alzó uno en cada mano. Tenía dos manos que le servían para cazar pero también para hacer otras cosas, como cocinar y sostener los platos con el guiso que había preparado.

Entró sin golpear manos donde estaba Isaac porque las tenía ocupadas, pero pidió permiso y dijo con alegría:

Arriba, vas a comer conmigo y a bendecirme.

¿Quién?

Conmigo, Esaú, que recién llegué del monte y preparé guiso. Que te gusta. Que me pediste.

¿Quién es el que vino ayer? Desconoció Isaac.

Esaú lloró. La bronca le hizo llorar. Dejó a su padre y fue hasta Rebeca. Voy a matar a tu hijo. Ahora no, para no amargar a tu marido. Esperá que se muera.

Volvió al monte.

¡Me lo va a matar, me lo va a matar! Le lloraba Rebeca a Isaac. Le lloraba a los gritos y se tiraba al piso. Isaac la escuchaba tirarse y le sentía tironearle las piernas y mojarle con el llanto y los mocos. Él tardó en decir alguna cosa, también estaría triste. Peor todavía se sabría tonto. Y ella le rogaba sin cansarse, que me lo va a matar, me lo va a matar. Se revolcaba y se repetía, que me lo va a matar, me lo va a matar. Rebeca e Isaac eran un matrimonio.

Antes de que Esaú volviera del monte, Jacob salió a caballo donde su tío para hacer como le mandó su madre: vivir lejos hasta que a su hermano se le pasara.

¿Y cómo me entero cuando se le haya pasado?

MI PRIMER NOVIO se llamó Sergio. En realidad, novio ni llegó a ser. Me pretendía y a mí me gustaba. Se nota en todas las fotos de mis quince: está parado al lado mío y yo lo tengo agarrado del brazo. Hoy veo la foto y pienso: podría ser mi hijo, porque tendría catorce. Eso es lo raro de las fotos, que una crece, se muda y esa persona que no volviste a ver, va quedando chiquita en la imagen hasta que al final la mirás y parece una criatura, no un hombre. Lo mismo me pasa con la única foto donde está mi papá Reynaldo y me tiene a upa. Antes yo la miraba y pensaba con claridad: mi papá. Ahí que cuando me enojaba con mi mamá o con mi papá Tito, le hablaba a la foto: ojalá estuvieras para cuidarme. En cambio ahora que soy una mujer, la veo y lo encuentro casi de mi misma edad, desconocido y buen mozo; y pienso: podría ser mi marido.

Mi primer novio fue Andrés, era un poco más grande que yo y me lo presentó el hermano de una compañera del colegio. Con él sí fuimos novios, dos años completos. No tenía mamá, se había ido cuando chico y lo dejó con el papá. No sabían nada de ella, apenas una fotito en la billetera. Me hacía sentir amor pero también pena. No me quería llevar a su casa; siempre venía a la mía si es que no salíamos a pasear por ahí en su fiat

600. Pensaba que me ocultaba, que no se quería comprometer conmigo, entonces le insistía que me llevara a su casa a conocer. Hasta que una vez el pobre me llevó, sería para evitar mis berrinches, y cuando llegamos su papá estaba tomado caído en el piso. Lo levantó y lo acostó. Después volvió y nos fuimos a pasear en su coche. No dijo ni una palabra así que paseamos en silencio. Dimos una vuelta larga: subió por la Panamericana hasta la capital. Ahí nos bajamos y tomamos un helado. Al poco tiempo de eso Andrés desapareció. No supe más nada de él, no me llamó, ni vino a casa. Fui a su casa y el padre me dijo que se había ido a lo de la familia de la mamá en Salta. Aunque hacía pocos meses que salíamos, yo me desesperé: moría de tristeza. No tenía consuelo y mi mamá le prendía velas a los santos para que me componga. Hasta que una tarde Andrés apareció en la puerta de mi colegio. Salí y lo vi parado en la vereda de enfrente con una muchachada amiga de él. Se cruzó y yo pasé de largo. Me caminó atrás llamándome, entonces me pegué la vuelta y le escupí los pies. La muchachada con la que estaba se le mataron de risa. Quería recuperarme. Los días que siguieron fue a casa, habló con mi mamá y me visitó como amigo hasta que aflojé y volvimos. Ahí fue en serio y estuvimos dos años completos de novios, hasta nos comprometimos. Mi mamá contrató el servicio de lunch y el fotógrafo de mis quince.

A las pocas semanas del compromiso, Andrés fue a casa, cuando yo estaba trabajando, y se llevó el album de fotos del compromiso que estaba arriba de mi mesa de luz. Entraba y salía como si nada porque era como de la familia. Después dejó de llamar y no había manera de encontrarlo. Fui a su casa y su papá me dijo que se había ido al norte de nuevo, pero que no sabía bien dónde. Una pesadilla. Supongo que se llevó el album para que no le hagamos una brujería, porque ni una foto me dejó para maldecirlo como merecía. Otra vez sentí que moría de tristeza y mi mamá le encendía velas a los santos. Entre yo tirada en la cama y la pieza llena de velas, parecía estar viendo mi propio velorio. Ese es el sentimiento que a una la invade cuando la abandonan o te amenazan te dejo. Parece ser una amenaza muy común de los hombres o al menos yo no he tenido suerte. Lo digo porque mi marido a veces también se cansa de mí y comienza a armar el bolso. Después se da cuenta que no se quiere ir o que no tiene adónde o que me quiere o que por los hijos; no lo sé, pero no se va nada. Y siempre siento lo que ese día con Andrés: que me voy a morir. Pero a la larga han pasado los años, más encima ahora esto de la rama y la Meli, y compruebo que aunque pensé toda la vida que me iba a morir no me morí nunca.

Serán las vueltas de la vida, que el día antes de casarme con mi marido, alguien le avisó a Andrés. No sé quién habrá sido, pero se enteró y me llamó. Quería que tomáramos un café. Hice bien en decir no. A los años lo comprobé: estábamos con mis chicos en casa: yo planchaba y ellos tomaban la leche. Teníamos el tele prendido y no es que le estuviera dando tanta bolilla, cuando escuche en una propaganda, de esas que solicitan el paradero de una persona, que pedían el de Andrés. Decía el aviso que lo buscaban su esposa y sus hijos. Ahí nomás me largué a llorar pero bajo; mis hijos eran chicos para buscar en ellos consuelo. Me metí en el baño y me tapé la cara con una toalla. No supe si lloraba porque le tuve lástima a él o envidia a su familia, de la que yo no era parte. Tampoco supe si lloraba porque me había salvado o todo lo contrario o porque el pobre nunca había podido con su manía. Capaz que lloraba por todo eso junto y alguna otra cosa más, que hoy no llego a ver.

Dios le había sanado. Al fin, al fin. Le hicieron los estudios de sangre para hacer el carné de taxista y ahí estaba, dicho por la ciencia: no había nada. Ni el colesterol, que nunca tuvo, ni el mal de Chagas, que sí tuvo. Guardó los estudios adentro de su Biblia. Hacía poco la había comprado para estudiar la palabra del que ahora le había concedido el milagro de la sangre limpia. Pegó la vuelta desde el Hospital Municipal arriba del renault 18 que estaba pronto para subir pasajeros, llevarlos a sus casas, a sus trabajos, al centro, mientras él les predicara la palabra de Dios. Del mismo Dios que ahora le había limpiado la sangre, así nomás, de bueno que es, porque ni siquiera era que se lo había pedido. Como pedir, le pidió, pero fueron otras cosas las que pidió. Le había pedido que salga todo bien con los papeles del taxi, que no se le pelearan los hijos entre ellos, que no se le peleara la mujer contra él, que no le robaran las gallinas ni las bicicletas, que le ayudara a memorizar los nombres de las calles, que no le siguiera agarrando humedad a la pared del comedor que le estropeaba el revoque.

En la sala de espera del Municipal, esperaba con los estudios impresos en papel, apretados en sus manos toscas.

¡Desbats, Ismael! Gritó la médica clínica y él vio la película: le confirmaría que no tenía mal de Chagas. Entonces le hablaría de Jesús y ella entendería, porque no podría negar su existencia. Lloraría y creería, porque también andaría necesitando su propio milagro.

¡Ismael! Volvió a llamar la médica y con el llamado trajo al pasillo la voz de su mamá que le gritaba desde adentro de la casa para que entrara a comer, que ya estaba la comida. La casa de Moreno, en Las Catonas. Pasto alto, humedad, mosquitos y grillerío. Gallinero. Rodeados de descampado. Al fondo, la casa de madera. Dos piezas, cocina y comedor. Sobre la mesa, elegante mantel de flores para esconder lo desvencijada que estaba por el sol del verano y el sacarla al patio bajo la parra, para estar más frescos al aire y a la sombra. Rodeados de campo abierto y de vecinos que separaban sus terrenos con alambrados de buena fe. ¡Ismaelcito! Corrió desde los yuyos, que lo habían entretenido toda la mañana, con su ojo en compota, refregándose.

Ismael entró al consultorio. Siéntese. Parece que está todo bien. ¿Y el Chagas? ¿Qué Chagas? El de la sangre. Acá no salió nada. Es que me sanó. ¿Quién? Dios. ¿Cuál era su empleo anterior? De fábrica, en la oleaginosa. ¿Y ahora? Taxista, en la calle. Bueno, Chagas no habrá tenido si no con la fábrica se le hubiera complicado. Pero no le digo, cuando quise entrar a la policía para mejor porvenir, no me dejaron porque me saltó el Chagas. De ahí que fui fábrica. ¿Edad? Dieciocho. No, la de ahora. Ah, pensé de cuando me lo encontraron.

Peor aquel que vio y no creyó y bienaventurado aquel que vio sin creer, pensó Ismael antes de subirse al auto. Desde el Municipal hasta la casa, todo daba gloria a Dios. Todo: semáforos y tamariscos, la tierra seca, los yuyos, los perros que andan sueltos, el viento amenazando las chapas en los techos. El sol estaba bien y los momentos de sombra que daban algunos árboles bajos también. Era un camino fácil: derecho por Estomba, a la izquierda por Donado. Agarrar el empedrado de los galpones del ferrocarril, bajar la velocidad, casi un lustre a las piedras con las llantas del coche nuevo aunque usado. Después doblar apenas una cuadra sobre Brickman, frente a las casas de las colonias inglesas y meterse por la vía que corta el corazón de manzana. Estacionar el auto, frente al portón de chapa que hizo con sus propias manos que son herramientas, y también con las herramientas que maneja como prolongaciones de sus manos. Gruesas, pesadas y duras, llenas de líneas de expresión, que buenos cauces fueron para la grasa fabril, que la insistencia del jabón blanco todavía no termina de remover.

Hasta el renault 18 gris, nunca había manejado un auto tan moderno. Es decir, de andar suave y obediente. Antes sí tuvo otros. El siam di tella verde, el citröen celeste, el amiocho naranja, el falcon rojo. Como tenía don de motores, de cada modelo que fue patrón, compró el libro donde explicaba con palabras y dibujos su funcionamiento, para entenderlo y hacerle la mecánica. Al falcon rojo lo entregó de parte de pago por el renault. En octubre lo habían echado de la oleaginosa, y ahora era casi marzo.

Los que echan nomás te llaman y te agarran justo en el medio de algo, desprevenido: ajustando una tuerca, poniendo la pava para el mate, con la mano metida en la máquina para sacarle vaya a saber si una pelusa de trapo o una semilla, que la está volviendo torpe o haciendo sonar mal. Así te agarran, con las manos llenas de grasa, y te hablan Bueno Ismaelcito, en chiquito, para recordarte que te quisieron pero que seguís siendo una pieza de algo más grande, que se escapa de esas manos que tenés llenas de grasa, que ni las estrechan para no ensuciarse las de ellos. Eso no es despedida. Despedida es la que le hacían los hijos. Si alguno en la madrugada lo agarraba calzándose los botines o terminando de arremangarse la camisa para ir a la oleaginosa, saltaba de la cama con orgullo, a decir hola o una mentira sobre quedarse despierto estudiando para la escuela. Un verso nomás para dejarlo contento, aparentar ser madrugador como él, repartir el compromiso, también el daño.

Cuando fue el no vuelvas de la fábrica, Elena quería aprovechar para decir ya que estamos aprovechamos y nos despedimos de todo. La vaso frágil, se las quería tomar con estas palabras: Si te soltaron, volvamos para Buenos Aires volvamos, que la gente te saluda, que no es tan seco, que las plantas también se dan más y que no vuela tanta tierra, no hay que barrer tanto. Pero él, que no quería, la mareaba: el que nace para burro de carga, ¿nace para burro de carga? Después la confundía: Llueve, está para tortas fritas. Ahí nomás ella, sin paciencia ni belleza, le contestaba: total vos no barrés.

Cobró la indemnización unos meses después de que lo echen y compró el renault gris. El color de los autos es importante. El gris parece un canto rodado al sol, pero hasta puede parecer perla si uno es de mirada gentil. También parece una pescadilla que recién sacada del agua no ha perdido el brillo.

Entregó el falcon rojo y pagó la diferencia con lo que le sobró de comprar la parada. Lo iba a usar de taxi, su nueva herramienta de trabajo. Siempre había tenido sus manos y las herramientas de la oleaginosa, que las usaba como ampliaciones de ellas para ajustar, golpear, cortar y soldar sin lastimarse. El auto sería ahora su nueva herramienta, cuestión que lo ayudaría a moverse y cargar a otros, soportando el peso sin forzar la espalda.

Al falcon rojo lo tuvieron apenas un verano. Lo usaron para ir a La Salada, a bañarse en la laguna. Para ir a Sierra de la Ventana, a bañarse en el arroyo. A Tornquist en el arroyo también. A Marisol, en el mar. En Marisol, no tuvieron clima bueno. Llegaron y fueron a la playa, pero al rato el cielo dijo no y así se quedó, empacado los tres días que aguantaron con las crianzas con el mismo buzo ya todo estropeado, de andar haciendo fuego con los eucaliptus y limpiándose los mocos con el puño.

Donde sí tuvieron suerte con el falcon rojo fue en Tornquist, que fueron nomás a pasar el día. Les quedaba cerca y no valía pena ni esfuerzo llevar la carpa, hacer a las crianzas bañarse en el baño del camping o quererlas sucias con olor a río y el pelo duro por el agua y el sol. Tampoco había necesidad de pensar en las gallinas, que estuvieran bien, que no les roben, que no se ahorquen tratando de escapar por el espacio de libertad que se les arma a los corrales entre la chapa y el suelo.

Apenas el falcon rojo se detuvo bajo la sombra, las crías salieron como locas por pisar tierra firme. Corrían alborotadas, chocaban entre ellas. Se daban latigazos con las ramas flexibles caídas a la tierra. El alquiler de cámaras de camión costaba un peso las dos horas, para salir navegando a remo de patada y chapoteo por el piletón de agua dulce. Por eso Ismaelcito sabía que si largaba un peso cada dos críos, iba a tener al menos dos horas de silencio bajo la sombra, tomando mate sentado en la reposera, con la garrafa a sus pies y el perfume del gas envasado, que siempre se escapa un poquito. Así que invirtió dos pesos en él mismo, en Elenita y en pasar un momento a solas, que eran un matrimonio que se había llenado de hijos.

Tranquilos, desde la lomada, cuidaban a los hijos tocándolos con los ojos. Cuidaban estuvieran enteros y a flote, identificándolos por el color de las mallas. La Lore violeta, Mauro rojo, Manuel verde clarito. La Meli short azul, que se había olvidado la malla y andaba en cueros.

Cada tanto, el Mauro se aparecía a interrumpir el silencio de la lomada, del mate y la pastafrola, llorando para pedir justicia sobre la Meli, que le había dado tres tiradas de pelos, dos golpes de puño al hígado y un empujón, para bajarlo de la cámara. Andá, defendete, le enseñaba el padre. En cambio la madre le ofrecía quedate con nosotros, comé torta frita. Y el Mauro se quedaba ahí sentado, con la nariz fría de sus ocho años, masticando un rato hasta que se olvidaba y volvía porque extrañaba la frescura del agua, el flote liviano, patalear y ofrecer pelea.

Entonces, regresaban a ser un matrimonio que tocaba a sus hijos con los ojos para mirar que estén enteros y a flote. Desperdigados por la gran masa de agua, hundiéndose, empujándose con fuerza, aguantándose el llanto de la lucha libre consentida. Hasta que lo veían al Mauro subir otra vez entre los árboles, vencido por la fuerza de su hermana.

Andá, defendete, le enseñaba el padre. En cambio la madre, quedate con nosotros, comé torta frita.

Así se repetía el Mauro. Ahí que el padre, ya vacía su pava, antes de renovar el mate, prefirió levantarse de la reposera: vení que te muestro.

Mauro se pensó consentido y fue feliz, algo que sienten los críos cuando les dan el gusto. Bajaron juntos Ismael y su retacito, con el trote parejo, levantando tierra y saltando las raíces de los árboles para no lastimarse las ojotas. Pero en vez de agarrar dirección para el lado de las hermanas, Ismael agarró para el otro lado, donde se hacía profundo y estaban los tipos más grandes, saltando en peso muerto desde los árboles al agua, para emparentar la temperatura de brasa de sus pieles al sol con la temperatura interna del cuerpo enfriado por la cerveza helada.

Por acá, por acá, llamó el Mauro pero Ismael no respondió, ni se dio en giro para mirarlo. Las hermanas y el Manuel, que andaba con un chaleco inflable regalo de Reyes, dejaron las cámaras abandonadas en la orilla y se acercaron llamados por la curiosidad.

Ismael ignoró a las hijas, que repetían qué pasa, y al Mauro que no preguntaba, también. En vez de responder se acercó a los muchachones: mi hijo, el varón, ¿puede? Puede, y se hicieron a un costado, para abrirle el camino. Vení Mauro, llamó. No quiero. ¡Mas qué no vas a querer! Ladró el padre, y cazándolo de un brazo lo paró en el principio del árbol. El tronco encorvado hacia el arroyo invitaba a ser trepado. Dejame a mí, pidió la Meli.

Vos callate y andá a taparte el cuero, murmuró el padre, que levantó el puño y se lo amagó hasta que dejó de pedir.

Mauro subió. Sus piernas, dos ramitas sacudidas por el viento. Llegó a la cima. Levantó la mirada y los vio a todos, reducidos debajo de él, esperándolo. El viento flameaba su malla roja como una bandera. ¡No te sacaste las ojotas! Avisó la Lore. Agachó la cabeza, se miró los pies, ahí estaban. Pegó la vuelta, saltar con ojotas era riesgo de perderlas, pero el padre haciéndose megáfono con las manos lo desafió: ¡Saltá no seas maricón! Mauro largó las ojotas al suelo desde el árbol. Sus hermanas acompañaban las risas del papá. ¡Es más maricón es! Asegurado a una rama, miró el cielo. A lo lejos encontró la vía del tren sobre el puente que cruzaba el arroyo de la sierra. Ni una nube. Enceguecido por la claridad, volvió la vista al agua oscura, intentó mirar el fondo para calcular al menos cuándo terminaría la caída. Pero lo que vio fueron los pibes que se pasaban la botella con la panza al sol. El padre: ¡Saltá no seas maricón! Y las hermanas, es más maricón es.

Las ojotas pudo ver, estrelladas contra la tierra. Parecían cascarudos que morirían dados vuelta. Ajustó el cordón de la malla y ató un nudo doble. El agua, los pibes, el padre, las hermanas, las ojotas. Soltó la rama que lo aseguraba. Las ojotas, el arroyo, el puente. Echó el cuerpo hacia atrás. El fondo, el agua, las piedras. Torció la espalda. El brillo del sol en los envases de cerveza vacíos. Dejó el peso caer sobre su pie derecho. El brillo del sol en los envases llenos. Tomó impulso. ¿Y el Manuel dónde está? Bajó liviana una hoja desde el árbol, con su caída lastimó la tranquilidad del agua.

El que saltó fue Mauro Ismael, hermano de Lorena, Manuel y Melisa. Hijo de Ismael Armando, que a su vez fue hijo de Ismael León, hermano de Edmundo, Olga y el Bocha. Estos eran salidos de Rigoberto Eleuterio y Urbelina. Rigoberto Eleuterio fue salido de Albert casado con Romualda. Albert fue salido de Joseph. Joseph con diecisiete años fue el primero que llegó a San Juan, desde el norte de Francia, casado con su prima Marie de catorce. De ahí decían que, sucia la sangre por la mezcla, salieron todos locos.

Unos hombres se acercaron. ¿Cómo te llamás, pibe? Pasó corriendo en cueros, desde la calle hasta esconderse en la cama cucheta. Olvidó la remera en el borde de la pila de ladrillos que oficiaba de arco. Elena asustada preguntó qué pasaba cuando sintió el azote de la puerta. La Meli no respondió porque no sabía. Las palmas de dos hombres en la puerta levantaron respuesta. ¿Quién buscan? Buscamos a su hijo, lo vimos jugar. Qué hijo, preguntó sin idea y giró la cabeza hacia dentro de la casa para mandar llamar, Lorena traéme el Mauro. Asomado el hermano los hombres negaron, ese no es. Será el más chico, y mandó llamar, Mauro traéme al Manuel. Salido el Manuel a la vereda, los hombres lo miraron. Este tampoco. Uno de misma altura, en cueros. Lo vimos jugar. No puede ser, que yo más hijos varones no tengo.

Ahí el hijo que faltaba era la Meli. Se asomó a la puerta, con una remera apretada en el puño de la mano, y aseguró la pierna de su mamá. De dónde si no. Ah, es mi hija la Meli, que le hemos cortado los pelos por piojosa. ¿Hija? Pena, lo queríamos para el club.

Elena se despidió confundida pero educada y los entró a la casa. Sacudió varazos de tamarisco en el aire. ¡Caminá a ponerte una remera caminá! Los hermanos todos le miraron a la Meli de la misma manera que una vez miraron una de sus gallinas. La pobre queriendo salirse del corral sacó la cabeza por un espacio entre el suelo y la chapa. Sacada la cabeza, notó que no podría sacar por ese espacio el resto del cuerpo y quiso volver a entrarla. En el intento, no consiguió respirar y quedó tirada con la lengua afuera bajo la lluvia. Los hermanos quedaron quietos en la ventana desburrando el misterio detrás del vidrio: algo se había detenido y no andaría nunca más. Bajó la noche, llegó Ismael y entró la gallina para hervirla. Los hermanos miraban a la Meli con iguales ojos que habían tenido para esa gallina. Entendió cómo la veían. Entró al baño a lavarse la cara, el único lugar de la casa donde elegir soledad. Se mojó y escupió para enjuagarse la boca. En el espejo encontró su cara con un avistaje igual al que esa tarde de lluvia ella le dio a esa gallina también.

ES VERDAD QUE NO SOY TAN FIRME como mi marido en las cosas de Dios. Desde que llegamos a la iglesia él siempre se levanta todas las mañanas un poco antes de ir a trabajar y hace un devocional. Es decir que estudia la Biblia y ora. A veces lo escucho desde la cama y llora. Cuando en las iglesias hemos contado sobre mi desánimo me han mandado a consejería pastoral: voy un día y hablo con el pastor como si fuese un chiflólogo, oramos y me aconseja. Pero en realidad me dicen que lo que tengo que hacer es apoyarme solo en Dios. A mí me da gracia, como si fuera un bastón me dicen. La verdad es que yo quiero ir a la iglesia y hacerme amigas, participar, que me den algo para hacer. En algunas iglesias fue así, pero siempre terminó pasando algo: que el pastor se mete con una piba, que el pastor anda robando, que los hermanos se rebelan contra el pastor, que a mi marido le parece que nos caminan con la plata, que mis hijos se pelean con los hijos del pastor, que inventan cosas sin basarse en la Biblia; y nos terminamos mudando a otra. Al final siempre vamos a la bautista, que según mi marido es la mejor porque dan el estudio de la Palabra, exponen en un libro los ingresos y gastos de la iglesia, y el pastor tiene la misma esposa y los mismos hijos de toda la vida. Bueno, no sé para qué aclaro lo de los hijos, si eso no es algo que pudiera cambiar. Pero a mí la bautista no me gusta, va mucha gente bien y siento que te miran qué coche, qué ropa, qué zapatos, qué cartera y no me siento cómoda. Entonces se lo digo a mi marido y él me dice: tenés que mirar a Dios, no a los hermanos. Es cierto, porque está en la Biblia pero yo me siento mal si me están mirando qué ropa, porque la nuestra es linda pero es sencilla. Hecha, lavada y planchada por mí, pero nada más. Mi marido usa vaqueros y camisas igual de sencillas y zapatos también. Una vez me vino con que iba a comprarse zapatos que costaban 100 y lo saqué carpiendo. Te estarás contagiando de esos caretones, le dije por los de la iglesia. Después me arrepentí, porque no se puso mal conmigo, en vez me contestó: estoy todo el día de botines con punta de acero, y me dio pena.

La cuestión es que terminamos siempre en la bautista hasta que mi marido se cansa de que nos miren qué ropa, qué coche y que no nos den lugar para nada, porque hay que ser muy especial ahí para que te den algo para hacer. Yo me siento señalada, como si porque tenemos problemas no podemos participar, que nos den un trabajo. Una vez casi me dan para ser maestra de la escuela dominical para niños, pero ahí yo me di cuenta que me iba a tener que levantar a la mañana todos los domingos, ir caminando con los chicos, cuidarle los hijos a los otros. ¿Para qué? Para que me miren qué ropa, qué coche, que si voy sola o no tengo ningún familiar adentro de la iglesia. Para eso me quedo en casa, pensé y no quise nada. A mi marido una vez también le dieron lugar, para que les dé fútbol a los chicos del barrio que van a la iglesia, y no va que justo en la primera clase los chicos patean y rompen un ventanal. Lo miraron con mala cara a mi marido y él volvió a casa con cara triste, diciendo que lo íbamos a pagar. Ahí yo me puse firme que no. Y nos fuimos a otra iglesia más a nuestra altura.

No puedo contar todas, porque son muchas, pero la que más me gustó fue la del pastor Muñoz. Hicimos bastante amistad con él y su señora. Era pentecostal. Íbamos con mi marido los domingos al mediodía y cocinábamos en el comedor que tenía la iglesia para los del barrio. Entonces ahí mismo mis hijos jugaban a la pelota y después se sentaban a comer. Ya después yo los cambiaba en el baño, les ponía un poco de colonia y nos quedábamos para la reunión principal. Era muy lindo, hasta dos veces fuimos a comer a la casa del pastor y su mujer hizo pizza casera. Yo le preguntaba cómo hacía la salsa, cómo la masa, a qué temperatura el horno, como si no supiera y soy experta. Me hacía la tonta para hacer amistad y crear tema de conversación. Esa noche el pastor tenía que pasar unas cosas en la máquina de escribir y me pidió a mí que lo haga. Yo como sabía del perito mercantil, lo hice enseguida. Después tomamos café porque ellos, chilenos, acostumbraban más café. Fue una pena que nos termináramos yendo de ahí porque el pastor lo caminó a mi marido con una plata que le prestó. Mi marido, que poco es de decir, dijo me siento usado, y no fuimos más. Igual me pareció bien, porque esa noche que yo le daba charla de las pizzas a la esposa del pastor, ella no sé por qué me habló de la gente que iba al comedor de la iglesia. Y dijo algo que no me pareció nada. Dijo que ser pobre no tenía que ver con la limpieza, que te podías sacar la tierra de las uñas con un palito de árbol si te importaba estar limpio. Me acordé de mis primos cuando chicos y no me pareció.

DIOS TIENE UN PROPÓSITO para mí y mi familia. Él quiere que recupere el fuego con el que comencé aquella vez en la campaña, donde mi vida cambió para siempre. Mi vida y la de mi familia. Han pasado muchas cosas durante todos estos años. Me dio la bendición de trabajar en varios puestos de trabajo y conocer el movimiento de toda la fábrica. Y hoy quiero contar sobre estos años en los que aún sin conocerlo sé que Dios ya me tenía bajo su mano. Para eso voy a contar del proceso de lo que hacíamos y de los accidentes. También quiero contar del día que me echaron.

No soy de hablar muy mucho, porque no me gusta hablar de lo que no sé, pero de la fábrica conozco y de Dios todavía me falta, pero Él me manda a hablar para su gloria y eso hago. Voy a decir todo el proceso de elaboración que comenzaba con la entrada de un camión a la oleaginosa. También podía ser el tren que entrara, porque el girasol llegaba a tren o a camión, dependiendo desde dónde se lo trajera. Primeramente era la descarga del girasol, que hacíamos. Llegaba el camión, se le abrían las boquillas y comenzaba a dejarse caer la semilla mixturada, entre negra y blanca. Se veía suave la caída, atravesada por la tierra gris, el viento helado y el brillo del sol seco de la mañana. Sencillo. A lo que quedaba arriba de la caja se le subían dos personas, que eran propias de la descarga, y lo vaciaban a pala. El girasol bajaba por una rejilla, adonde abajo se formaba un embudo. En ese embudo, que se hacía abajo, corría un transporte que se llevaba el girasol hacia una noria. La noria lo levantaba y lo tiraba adentro de los silos. Ahí era adonde lo almacenábamos.

El girasol se sacaba de los silos con otra noria e iba a la parte de zaranda, donde se zarandeaba para sacar todo el polvillo, todas las cosas más gruesas del girasol, para que quede limpio. Una vez limpio, iba a la parte de la secadora, adonde secaba. Parte de la secadora tenía todo un compuesto de caños, que se le dice. Secaba por medio de la caldera que mandaba vapor y le borraba toda la humedad a la semilla. De ahí pasaba a la prensa y se prensaba, adonde se le exprimía lo más posible. Lo más posible del girasol es el aceite. Ese aceite viajaba a la refinería, adonde se hacía el refinado y ya quedaba comestible. Pero la parte del prensado que quedaba del girasol iba a otra parte que se llamaba extracción por solvente. En ese sector se extraía el aceite por medio de lavado con solvente, como el nombre mismo te lo dice. Entonces, siempre con todo a una temperatura, lo prensado del girasol caía por una rejilla, adonde iba circulando, y eso tenía lavados de solvente por medio de rociadores. Así se iba el solvente del aceite. El vapor, que se formaba por la temperatura de las calderas que mandaban calor, iba para un lado y evaporaba el solvente. Ese aceite limpio viajaba a la refinería también y el solvente iba a parar a los tanques. El aceite refinado y lo que no se refinaba, que era grueso, se cargaba en camiones. Se mandaban para el puerto, adonde había tanques para conservarlos ahí hasta que venían los buques. Cuando llegaban los buques, se cargaban y se mandaba todo para afuera, a diferentes partes de diferentes países. Ahí que todo esto era el proceso de elaboración, que se le dice.

Ahora quiero decir la cantidad de empleados que éramos: dos personas en mantenimiento, una persona en la parte de la caldera y una persona en la secadora. Una persona en la zaranda, más una persona en prensado. Dos personas en la extracción de solvente, que eran un ayudante y un encargado. Había un jefe de turno que era el encargado de todo el lugar. Cuatro personas eran las que estaban en la parte de descarga, que iban entrando continuamente el girasol. Yo, que me llamo Ismael Armando, el primer nombre igual al de mi papá y el segundo por el presidente del club de Boca en el 56 cuando nací, estaba en mantenimiento. Mi compañero de sector era el Pájaro, de nombre Julián Jiménez. Después estaba el Castro, que era chileno, y siempre hablaba de volverse para Chile si juntaba varios pesos. Ahí que cuando lo echaron juntó lo que cobró de la indemnización, más lo del juicio por las hernias y la vista quemada por la soldadora, para poder cumplir su palabra y volverse a Chile. Después estaban el Alperín, el Ricardo, el Bocha y el Perla, que era de nombre Néstor del Río pero le decíamos así porque de nosotros era el más blanquito. Había muchos más, pero yo era más amigo del Pájaro. Del Castro más o menos, porque chusmeaba como si fuera una mujer, y ahí que yo alguna vez habré ido para su casa con mi familia, pero tampoco me sentía tan amigo como con el Pájaro, que hasta salíamos juntos a cazar a La Pampa. Compartíamos los gustos por la caza, los perros y los pájaros. Los bichos, que se le dicen. También alguna vez, dos o tres veces cuanto mucho habrán sido, dejó que su hija Roxana me cuide mis hijos, para que yo pudiera pasear con mi mujer. Ahí que ella se ganaba un pesito y yo la sacaba a mi mujer de la casa para que saliera un poco. Digamos entonces, ahora que lo cuento, que mi amigo era el Pájaro y los otros eran más bien compañeros o amistades, que se les dice.

Teníamos un comedor adonde parábamos porque trabajábamos horas extras. Los turnos, sin horas extras, eran tres turnos rotativos de ocho horas, adonde había un compuesto de gente. La misma cantidad de gente por turno porque se iban reemplazando los turnos cada ocho horas. Y si se rompía algo o estábamos sobrepasados de trabajo, nos quedábamos a hacer extras. Y nos pagaban la comida, nos pagaban las extras y estábamos bien.

Bueno, también estaba la gente del laboratorio, que estaban continuamente haciendo análisis de todo. Análisis de la parte del aceite grueso y análisis de la extracción por solvente. Sacaban muestras por si el aceite se iba con solvente, porque a veces se bajaba la temperatura de la caldera y el solvente no se evaporaba bien. Ahí que el aceite quedaba contaminado, que era algo peligroso. Y bueno, continuamente el laboratorio estaba tomando muestras de diferentes lugares de las partes de la fábrica. Muestras de la extracción por solvente, del prensado de la fábrica, del aceite grueso y de la refinería. Casi que por poco nos sacaban muestras a nosotros. No nos sacaban que si no algo habrían encontrado, sangre mitad hombre y mitad máquina. Y capaz ni eso, ni qué mitad y ni qué otra mitad, sangre de máquina nomás. A mí me hubieran encontrado el Chagas, eso sí, porque aunque nunca supimos dónde fui picado por la vinchuca, tener lo tenía. Cuando me hice los estudios para hacerme el carné de conductor para el taxi, me ilusioné porque salió negativo y encontré que Dios me había sanado. Así estuve años dando testimonio a todo el mundo de que Dios me había curado. Pero finalmente cuando repetí los análisis para renovar el carné, salió que lo tenía. A lo primero entré en confusión: era imposible que me hubiera vuelto a picar el bicho, porque claramente nuestra casa era de material, cerrada, puestas las aberturas y selladas con mis propias manos. Aunque estábamos al costado de las vías, mi mujer cuidaba todo limpio y desinfectado, porque ella se encarga de la casa y yo de la fábrica. Entonces me di cuenta que si la vinchuca no me había vuelto a picar, lo verdadero era que Dios no me había sanado nunca. La verdad tuve un sentimiento triste y me dije para mí mismo: mirá qué Dios es este para hacerme pasar una vergüenza así, de no sanarme cuando yo creí que sí. Pero solo lo pensé, no lo dije para que Él no se enoje conmigo. Pero la verdad es que esto fue lo que se me cruzó por la cabeza: Él, que todo lo ve, se enteró de mi ilusión y me escuchó desparramándola por todos lados como un salame. No por mí, encima, sino para la gloria de Él, me hubiera sanado y me ahorraba el papelón. Pero algo habrá sido que Dios me quiso enseñar, porque viendo mi ilusión y mi vergüenza fue nomás y me dejó solo. Aunque sé que, por más que me sienta solo, Él sigue caminando conmigo. Igual a veces me acuerdo de Jesús en la cruz, cuando le dice a su propio padre: Señor, señor, ¿por qué me has abandonado?

El Chagas yo lo tenía desde chico y fue por eso que no entré en la policía. Porque a mí las armas me gustaban, las cosas serias y derechas me gustaban y vestirme bien me gustaba. Pero más que nada el trabajo seguro para toda la vida era que me gustaba. Cuando yo hablaba de que en la policía tenés trabajo seguro para toda la vida, mi mujer se ofendía. Mientras te dure la vida, me decía. Su papá murió en servicio, ahí que ella con la policía no quería saber nada. Y ahora cuando cuento esto, entiendo que podría haber sido más reservado con repetir tanto qué lástima que no fui policía, tenés trabajo para toda la vida; porque a mi mujer el trabajo era algo que mientras hubiera no le preocupaba, pero recordar la policía no le hacía sentir ni bronca ni respeto por mí, más bien que no existía. Y yo era su marido al final de cuentas. Sencillo. Pero bueno, yo insistía con cosas así porque a veces no teníamos nada para hacer más que tomar mate, retar a nuestros hijos, dos canales en el tele y entonces pelear era un entretenimiento más, reconozco.

Además del laboratorio, estaba la parte administrativa. Era la oficina adonde estaban más que nada mujeres, siempre de día. Era otro turno y otro horario, pero. A veces te las cruzabas en la vereda, una rubia pelo largo por acá y la otra pelo negro, lacio también y largo por acá. Flequillos así. Las dos tacos. Les preguntabas cómo están y te decían desbordadas, de los bordes para adentro. Después cuchicheaban entre ellas, como cuchichean las mujeres, y se reían. No entendía del todo, reconozco, pero me reía también.

¡Ismael! Llamó desde adentro de la casa para que entrara, que estaba la comida. El ojo en compota pudo haber sido un síntoma del Chagas. La madre le mandó lavarse con té y le dejó echarse en la cama. Ese día sus hermanas le reemplazarían en sus tareas: darle de comer a las gallinas, sacarles la mugre, regar la huerta, cambiarle el agua a los chanchos y llevarle las sobras a la noche. Ocho años era la estatura del cuerpo mirando el techo boca arriba sobre la sábana percudida y mal puesta. Escuchaba los pibes pasar corriendo al arroyo a la hora de la siesta para ir a pescar. Algún ladrido, algún relincho. La constante de la chicharra que sostenía la hora de calor. Si se concentraba podía escuchar más cosas: los vasos, los platos y las ollas, que entraban y salían del fuentón con agua, para sacarse el jabón blanco. La risa bajita de las hermanas, y el ssshhh de la madre para callarlas, que la risa de las mujeres no interrumpiera la siesta del hombre de la casa. Él no era el hombre de la casa, era Ismaelcito, hijo de Nélida que lavaba los platos en el fuentón con las hermanas. El hombre de la casa era Ismael, su papá, por eso su nombre se decía en chiquitito, como si lo hubiese hubiesen traído al mundo para ser un pedacito cortado del que dormía la siesta, del que interrumpía la risa de las mujeres con su descanso.

Desde San Juan, Ismael León viajó en tren a Buenos Aires, casado con Nélida y con sus hijos nacidos que eran la Nelly y el Ismaelcito. Después le nacieron dos mujeres más. En Las Catonas Ismaelcito tuvo el síntoma del ojo, pero puede que haya llegado picado de San Juan. Allá, la casa al ser de barro tenía en las paredes túneles pasadizos por donde el mal bicho se podía desplazar de un lado al otro sin ser visto. Ismaelcito, con dos años, ya estaba en edad de merecer picadura, pero todavía muy prematuro para hacerlo aplastar bajo sus manos y defenderse.

Tal vez el contagio sucedió así: el bicho habrase estado en la cocina, cómodo entre los vapores húmedos de la olla, asomándose apenas por algún hueco del adobe, espiando a la hermana Nelly con algo sostenido entre las manos, un papel de diario o una canasta con centímetros y alfileres con cabezas de perlas de colores. Ídose para adentro del barro seco, la vinchuca habrá caminado por algún pasillo sin luz del afuera. Asomada de nuevo, habrase visto al hombre de la casa limpiando el arma, envolviendo el rifle en una frazada. Encontrándolo difícil y de carne dura, habrá retrocedido con miedo. Apenas habrase notado el cuerpo de la esposa, de pie rellenando una empanada o su lugar en la cocina, entre la mesa y el horno. Mareado el bicho, habrá tropezado y caído sobre el piso de tierra. Lo habrá encontrado rico y fresco, sabroso regado, para que la casa esté más fresca. Pero al sentir el peso de una chinela de mujer caer con furia cerca de él, habrá corrido bajo la sombra de la mesa de madera, chocado contra sus patas, disparado entre las cortinas de la mesada sostenidas con alambre.

¿Su instinto lo habrá empujado a correr por el borde de la mesada de portland hasta llegar de nuevo a la pared de barro y en ella buscar hueco donde esconderse? ¿Habrá sido en la oscuridad donde encontró refugio?

En la noche, el bicho es tranquilo con su memoria de bicho que no le trae reproche ni remordimiento. Los adultos dormidos, las criaturas también. El silencio y la oscuridad de la casa habrán unido el comedor y la pieza con los pasillos huecos de la pared de barro. Entre tanta negrez se habrá sentido menos sola la vinchuca y juntado valor para salir en confianza, caminar entre la tierra, trepar por la gomaespuma que, húmeda y desarmada, le habrá ensuciado las patas. Subir sobre la criatura debió ser para este mal aceptar el esfuerzo que demanda el monte, una lomada. Hecha la picadura, se habrá perdido entre las sábanas para morir aplastada bajo el cuerpo pesado del hombre de la casa, que gira sobre sí mismo para acomodar el sueño.

QUIERO CONTAR UN POCO MÁS de cómo era el comedor y la comida que nos traían cuando trabajábamos y hacíamos doce horas. El comedor era de cuatro metros de ancho por cinco de largo. Tenía heladera, mesada, pileta para lavar platos, cocina para calentar comida y dos mesas de cada lado, que tenían a los costados bancos de madera sin respaldo, para sentarse y comer. Y bueno, quería contar que cuando hacíamos doce horas nos sabían traer asado al horno con papas, arroz con pollo o pollo al horno con ensalada. Esas comidas traían una gaseosa de un litro y traían también una fruta. Pan también venía con las diferentes comidas. Comidas buenas, muy buenas comidas de la rotisería. Cuando hacíamos las doce horas, acostumbraba siempre a guardar la gaseosa y se la llevaba a mis hijos. Sabía trabajar de domingo a domingo y eran seis gaseosas que aprovechaba y se las llevaba. En ese entonces la gaseosa no era tan común comprar y era algo medio caro, por eso es que las aprovechaba.

Teníamos cuarenta y cinco minutos para comer si hacíamos doce horas, y media hora para tomar mate o hacernos un sánguche, si eran ocho horas que hacíamos. A veces mi mujer me mandaba alguna cosa dulce que ella preparaba. Me la mandaba con mis hijos, que se las dejaban al guardia de la entrada y él después me la alcanzaba. Esa cosa dulce podía ser una pastafrola, trenza de polenta, torta frita o bizcochuelo de vainilla. A mí la que más me gusta es la pastafrola de membrillo. Mi mujer es buena para lo dulce, más que para lo salado, pero le sale muy bien todo en general, como la masa para empanadas, tartas, pizza y pan casero. Mi suegra Gerónima es mejor para lo salado, así que cuando nos visita siempre le pido que me haga tortilla de papa y ella me hace.

Como no siempre tuvimos teléfono, para saber cómo estábamos, mi suegra me llamaba a la fábrica y ahí que el guardia me mandaba buscar y me dejaba conversar con ella un poco. Yo le preguntaba: ¿Cómo anda doña Gerónima? Y aunque ya andaba muy achacada por la diabetes, siempre me respondía hoy me siento un poquito mejor. Doña, si usted mejora todos los días va a terminar más piba que yo. Me reía, pero la verdad es que me hacía acordar al cuento ese del burro que le quieren enseñar a vivir sin comer y que justo, pero justo, cuando está casi acostumbrado se muere. De ahí que cuando mi suegra me decía que se sentía un poco mejor, yo pensaba: como el burro del cuento. Si me preguntaba si necesitábamos algo le decía que no, que si necesitábamos la íbamos a llamar, que no tenga duda, más si era plata. Ella se reía y sonaba tranquila. Y después cuando volvía a casa les decía a mi mujer y mis hijos llamó la abuela, que anda mejor. Ahí que ellos se alegraban y mi mujer quedaba tranquila también. En cambio yo me iba a la pieza y me encerraba a orar hasta dos horas, por la salud de mi suegra, que era muy buena con nosotros y si un día le pasaba algo, quién la iría a reemplazar.

Sobre la ropa, nos daban botines de seguridad con punta de acero, pantalón y camisa color azul. Ropa de grafa. Un casco y una sordera, nos daban, que era que se ponía para cuidar los oídos del ruido, que uno estaba continuamente adentro de la sala de máquinas. El casco me incomodaba, me hacía transpirar la cabeza y me picaba. Por eso algunas veces iba a cortarme el pelo y pedía que me pasaran la cero. Es decir, que me dejaran pelado. A mi mujer eso la enojaba, porque se me veía una cicatriz que tengo en la cabeza de una vez que mi viejo me revoleó con el mango de un cuchillo y me marcó ahí. Nada para hacer espamento, el azúcar y la presión de un trapo lo pudieron solucionar. Pero me dejó feo, porque la marca quedar me quedó. El pelo no crece en las cicatrices, más bien se te arma un caminito. Entonces mi mujer se me quejaba: quedás feo, me lo hacés a propósito porque sabés que quedás feo. No voy a reconocer que sí, porque no era cierto. ¿Quedaba feo? Quedaba feo, pero pedía la cero para espantar la calor de la fábrica, que se me instalaba entre el cuero cabelludo y el casco. Pero tanto me decía que era por ella, que por épocas me lo dejaba largo, para que esté tranquila conmigo, y me aguantaba la calor. A lo contrario, por otras épocas iba a cortarme el pelo y decía: pasame la cero. Era una provocación para mi mujer pero lo cierto es que también me picaba la cabeza. Sencillo. Lo que sí que algunas veces también era un entretenimiento llegar rapado y que ella comenzara: estás feo, me lo hacés a propósito lo feo que estás. Y entonces mis hijos, que eran chicos y poco se daban cuenta de lo lindo y de lo feo, repitieran a los gritos ¡Es lindo nuestro papá!, mientras me celebraban con saltos y pidiendo ¡Levantanos para que lleguemos a tocar el techo! Y yo los levantaba, uno en cada mano por turnos. Como tenía cuatro hijos, hacía dos turnos de dos chicos cada turno. Ellos tocaban el techo y se mataban de la risa. Tanto se reían y se movían como monos esperando su turno a ser levantados, que hasta Elena terminaba por reírse y aflojaba.

Otra cosa que nos daban en la oleaginosa eran anteojos de seguridad, por si saltaba alguna esquirla, un chispazo o hasta una semilla podía ser, que te saltara así, directo a los ojos. Además de la ropa, tenía mi caja de herramientas. Como estaba en mantenimiento, tenía martillo, pinza, cortafierro y pico de loro. Tenía mi sierra y diferentes medidas de llaves, que eran de un lado fijas y del otro lado tenían anillos, para aflojar los tornillos y las tuercas. Una francesa y una maceta, que es casi un martillo, pero distinto peso. Para todas las otras herramientas que necesitábamos había un pañol. Ahí podía pedir una amoladora o una agujereadora. Un alargue también podía ser. Eso es algo de las máquinas, en cambio las herramientas solo conmigo les alcanza para hacer su gracia, digamos.

Dentro de la fábrica misma las distancias eran largas para hacer los trabajos. Te ibas, ya sea para la altura de los silos o en la bajura de las fosas. Lo lindo de la altura de los silos era que desde ahí se podía ver todo hasta el fondo. Primero la calle, parte asfalto y parte empedrado. Las vías, el tren, los techos de las casas parte chapa y parte membrana. ¡La de cosas que dejan las personas en los techos! Quedás sorpreso. Bicicletas, parrillas, camas desarmadas, ladrillos, bolsas de arena, palas, montañas de canto rodado, carretillas, baldes. Sencillo. Hasta una mujer solía ver, esposa de uno de los muchachos de las oficinas de la fábrica, que tomaba sol desnuda. Después los patios de las casas, las vías del tren, las copas de los árboles bajos y los eucaliptus. Alcanzaba a ver mis hijos jugando en el patio o en la vía, montando sus bicicletas o sueltos entre los tamariscos. También alcanzaba ver mi mujer saliendo a colgar ropa o destenderla. Les silbaba y si me escuchaban levantaba la mano para que me reconozcan que era yo. Si estábamos con el Pájaro subidos a los silos, él me ayudaba a silbar también. Cuando se daban cuenta, mi mujer levantaba los brazos, los chicos saltaban y agitaban los brazos, abrían la boca llamándome. Sobre ellos se veía el cielo, hasta el fondo. Desde ahí podía notar si venía tormenta, por las nubes desde atrás que avanzan negras, cargadas de agua. ¡La impotencia que me daba ver que a mi mujer se le iba a mojar la ropa! Por eso cuando pusimos el teléfono tomé costumbre de bajar, pedir el teléfono de la fábrica prestado y marcar nuestro número. Tantas veces si lo habré hecho. 55 26 50, marcaba y avisaba que descuelgue la ropa. Eso era lo lindo de subir a los silos, el paisaje para el fondo y el sol por encima. El viento era muy duro, pero se soportaba.

En cambio, si tenías que ir a la bajura de las fosas para hacer los trabajos, era más bien oscuro y solitario. Ahí más que nada circulaban pensamientos, de todo tipo los pensamientos, pero más bien tristes, reconozco. Es decir, te venían a la cabeza preocupaciones que podían ser: plata, terminar la casa, arreglar el coche o cuándo vamos a poder hacer la pieza para las nenas, que la Lorena se está viniendo grande. La Meli, que algo le pasa. El Manuel, que anda mal en la escuela. Los despidos, cuando sea viejo cómo voy a hacer. Mi mujer que extraña Buenos Aires de donde la traje cuando se casó conmigo. Comprar una carpa más grande y equipo de camping para poder ir a la playa o a la sierra en el verano. También es lindo La Salada y no tenés el problema de la marea que te arrastra los chicos. Lo mismo Tornquist. Mi mamá Nélida, mi papá Ismael y mis hermanas. Después de ellas sus hijos. Además de los pensamientos, por las fosas circulaban ratas y alimañas de todo tipo.

Cuando me venían pensamientos tristes, comenzaba a orar y a pedir por cada una de estas preocupaciones. Trataba de confiar en Dios y el plan que Él tiene para cada uno de sus hijos. Y soy su hijo y mi mujer y mis hijos también, porque todos aceptamos a Jesús y fuimos sellados con el Espíritu Santo. Lo que a mí me preocupaba era que la Biblia es muy clara cuando dice que el demonio cuando es echado anda buscando dónde reposar y no encuentra. Ahí que vuelve al lugar de donde fue sacado y ve que todo está barrido y adornado. Entonces busca siete demonios peores que él y entran de nuevo en esa casa y el estado es peor que antes. Eso me daba miedo, si nos volvíamos siete veces peores que antes de llegar a la campaña: ¿Qué sería de mí y mi mujer? ¿Y mis hijos? No existe manera que apartarnos del camino de Cristo sea una opción. Me pregunto si eso fue lo que pasó con la Meli, por el problema que tuvimos. Sin embargo doy testimonio de la fidelidad que tiene Dios para con nosotros, porque aunque ella estaba traspasando su voluntad, él no la abandonó y cortó la rama del árbol. Gracias Dios porque tú sigues con mi esposa y con mis hijos todavía cuando yo no estoy para cuidarlos o no sé hacerlo, y los guardas en la palma de tu mano. Gracias Dios por cortar esa rama. Sana el corazón de mi familia y en especial el de mi hija: calma sus pensamientos y perdónanos a mí y a mi esposa, si fallamos a lo que tú esperabas de nosotros. Bendícenos con una nueva oportunidad. Amén.

Bueno, también teníamos taller, que si se rompía un motor o un reductor, íbamos y lo sacábamos del transporte de cereal o de la noria, lo bajábamos con aparejos, con malacate y con sogas, lo reparábamos y lo volvíamos a colocar. Otra forma cuando se rompía un motor o un reductor era buscar uno ya bueno que teníamos de reserva. Entonces íbamos, lo colocábamos y después nos ocupábamos de ese motor o ese reductor dañado, que habíamos tenido que cambiar por el bueno. Algunas de las máquinas y herramientas yo tomé prestadas y después no devolví, porque no necesito robar pero no me alcanza para comprar tampoco, reconozco. Ahí que pude hacerme con mis propias manos el portón de chapa, los estantes para el galpón y colocar el alambrado para separar mi casa de las vías del tren. También hice otras cosas, como unos haraganes para ir a pescar y una parrilla.

Esas cosas hice para mí, y para mi mujer le hice una espumadera y un pisapapa. Después, tuve la intención de regalarle algo moderno a mi hijo el Mauro para su cumpleaños: un aro de básquet. Ese día le avisé que me esperara, que le tenía una sorpresa, y lo fui a buscar al galpón donde lo tenía escondido hacía una semana. Lo traje envuelto en una frazada, para hacer misterio. Todos mis hijos se peleaban como perros por descubrir la frazada y adivinar qué había abajo, pero yo los espantaba y les repetía: es para el cumpleañero. Le abrí paso al Mauro entre los otros indios, para que sea él quien lo descubra. Entonces mi hijo se acercó, tiró de la frazada y todo quedó en un gran silencio. Mauro se quedó mirando por un momento sin decir ni mu, los demás indios y mi mujer también. Yo no le había dicho nada a ella porque los secretos a las mujeres no se les pueden confiar, no es que sean malas, nacen con boca de jarro. Pero entonces todos se quedaron en silencio y primero pensé: quedaron sorpresos. Pero ya cuando al momento de silencio le siguió otro momento de silencio, entendí. Idiota no soy. Pensé, no les gustó. Y al instante de mi pensamiento mi hijo me dijo guácala y se largó a llorar. Me había quedado feo, se ve. Y mi otro hijo más chico, el Manuel, se rio a las carcajadas puras y yo lo reprendí. ¡Reíte nomás del ilnorante de tu padre! Sí, dije ilnorante, pero claro está que puedo decir ignorante sin problema, fue por la situación que me temblaron las letras. Entonces más todavía se me rio el Manuel y sumadas a él la Lorena, la Meli y la Elena, mi mujer. Todos se reían de mí, menos el Mauro que lloraba a moco tendido. El aro de básquet estaba bien hecho, en círculo le di la forma al hierro, lo soldé a una base y lo atornillé a una tabla de aglomerado. Sin saber qué hacer ante la criatura que lloraba y los demás que se me reían, avisé: tengo mucho para hacer, y me encerré en el galpón a ordenar y arreglar cosas. Ahí oré y le pedí a Dios que me haga más humilde de corazón porque me di cuenta que sentía tristeza por mi propio orgullo de hombre que estaba dolido. Y en su Palabra dice que bienaventurados serán quienes tengan el corazón humilde porque ellos verán a Dios. Bienaventurados significa felices. Bueno, yo quiero las dos cosas, mi Jesús: quiero verte y quiero ser feliz. Amén.

Cansado de que le saquen lo que es suyo subió al techo a esperarlos. Lo suyo eran las bicis, las jaulas de los pájaros, las gallinas, una pala de punta y un balde de albañil.

Habían trepado el alambrado. Se notaba por el daño que curvaba el alambre. El tejido separaba la casa de la vía por donde pasaba el tren cargado de girasol. A veces quedaban algunos vagones durmiendo toda la noche hasta la mañana, cuando les habilitaban la entrada a la oleaginosa para llenar los silos.

Suyos eran también la mujer, los cuatros hijos, los perros y el dodge azul. Azul elegante noche estrellada. Tres chapas sueltas, unos hierros, dos bolsas de cemento y 300 ladrillos. Una montaña de arena. La carretilla, las espátulas y la maza.

Conocía su derecho. Su derecho era agarrar del cogote a quien se atreviera a tocar sus cosas, pero decidió calma y sentó a esperar. Sentó en una lata de pintura, sobre la chapa galvanizada encima de la pieza de los hijos.

Aconteció así: él arriba y los hijos abajo. Ismael, sentado en una lata de cinco litros de pintura. El rifle de pie a su lado o recostado sobre sus piernas. Era la quinta noche que pasaba encima del techo. Prefería no descansar porque su cansancio venía de que le saquen lo que es suyo. Ahí que ni dormía, también le habían robado el sueño.

En la casa el sueño no vencía fácil tampoco. Los hijos jugaban casi a oscuras. Desparramados como cucarachas, pululaban de cama en cama. Bajita la voz, el movimiento y la luz. Apenas algo iluminados por Elena que hacía llegar la claridad desde la pieza junto, con el velador encendido para cortar moldes. Ismael no le dejaba encender la máquina de coser. Le explicó que el ruido de su máquina era mismo ruido del motor del bote. Ahí que es bien apagarlo y asegurar la cena. Hacer tiempo antes de tirar la caña, encarnar y preparar las líneas. Así en ese tiempo los peces, engañados por el silencio y la falta de movimiento, se olvidan del barullo y confiados se acercan.

Subió a esperar. El viento estaba flaco y el calor seco. Los hijos en la pieza tenían el ventilador a máximo esfuerzo por confundir a los mosquitos; mareados y débiles, ante la tormenta airosa, no conseguían llegar hasta la piel de las criaturas. La Lore y el Mauro, echados en la cama cucheta, se tiraban con patadas y piñas silenciosas. Con las piernas Mauro hacía cricket y levantaba la parrilla de madera de la cama de ella. La Lore se estiraba hacia abajo y le respondía con golpes ciegos que se malgastaban en el aire.

Jugaban a adivinar formas que el Mauro dibujaba en el aire con la brasa del espiral: pelota de fútbol, dos tipitos, corazón, letra S que también podía ser una viborita. Con esa siempre todos perdían, porque si adivinaban viborita Mauro decía perdiste, la letra S. Y si adivinaban la letra S él decía perdiste, viborita.

Ismael acariciaba un chicle entre sus dientes. Conocía la espera de memoria, de cuando se cruzaba al monte a cazar chancho jabalí. Sabía de saber escuchar, subirse arriba del árbol y esperar, quieto y sin dormirse, a que el animal baje a la laguna a tomar agua. Lo primero que se siente son los ronquidos del animal. Después las pisadas que frotan las pezuñas contra el yuyo seco que cede al peso de la bestia. Este zorrino nunca sabe nada, se burló la Lore de su hermano menor. Zorrino porque se hacía pis en la cama. Las dos crías varones compartían las frazadas más viejas y los nylons que protegían sus colchones. En su talento para humillar, la Lore se burlaba desde la cama más alta, la más cerca del ventilador y la del acolchado más nuevo. La más cerca del techo donde estaba el padre en vela por cuidar lo que es suyo.

Zorrino, burló la Lore y el Mauro se paró de un salto, la escupió con fuerza en medio de la frente y con otro salto se refugió en la cama de abajo otra vez. En el cuidadoso barullo de los hijos, ninguno imaginaba la delicia que Ismael comenzó a devorarse con sus ojos: dos pibes, de las casas vecinas del ferrocarril, se pararon junto al alambrado. Recordó que el que sabe comer, sabe esperar. Este cazador sonrió y sintió en su piel al chancho cuesta abajo hacia la laguna. La luna de farol naranja. Sintió su presa que llegó fumando atraído por las carnadas, que eran las cosas suyas. Y sin hablarse nada entre ellos, se pararon junto al alambrado a terminar el cigarrillo, que compartían y se pasaban de mano en mano. La brasa se consumió hasta llegar al filtro y uno de ellos lo arrojó haciéndolo viajar por el aire hasta caer dentro de una lata de durazno, que le hacía de maceta a un gajo de malvón que no terminaba de prender. Algo que tuvieron en común Mauro con los chorros fue la puntería. Ni que puestos de acuerdo, el chorro embocó el filtro del cigarrillo en la lata y el hijo la saliva en la cara de su hermana, justo al mismo tiempo. Filtro en la lata, saliva en la cara. Ismael, atento, levantó el rifle palpitando el momento exacto en que los atrevidos pusieran pie en su lado de la tierra. El chorro bajó el alambrado. La Lorena corrió hasta la puerta de chapa que daba al fondo. En las manos del chorro el alambrado se curvó un poco, otro poco, un poco más. La puerta se abrió y fue la Lorena: ¡Papáááá!

El llanto del rifle despertó al barrio.

La bala del cazador abrió la tierra seca a los pies de los visitantes endurecidos del susto. Aunque la gracia era agarrarlos dentro de la casa, para que no tuvieran manera de negar que eran ellos quienes le sacaban lo que era suyo, Ismael tuvo que disparar antes de que llegaran a poner pie en su terreno. Ahí que esa noche las crianzas merecieron cobrar duro. Tuvieron en común con los chorros que le quitaron al padre algo: una bala, dos presas difíciles y cuatro noches sin dormir, es decir, el tiempo.

Somos pibes buenos. Conocemos a su mujer. Suplicaron los pibes como chanchos a Ismael para que no les hiciera nada. Le trataron de ingenuo diciendo que no estaban por entrar a su casa.

Cuando Ismael cuenta la historia a Elena le gusta aclarar: si a mí no me conoce nadie.

Lo aclara para decirles mentirosos y conservar así su imagen dulce bajo el velador, que era en ese momento la única luz de la casa. Encendidos esos 25 w para cortar tela y hacer cuatro camisas paridas en escalera. Cuatro camisas para guardar silencio hasta que su marido volviera a la cama.

Me casé, tenía ilusiones. Imaginaba de qué manera iban a ser las cosas. Hace poco en la sala de espera del médico donde llevamos la Meli, leí una revista de psicología donde decía que no había que esperar nada y vivir el día a día para evitar. Que eso era lo saludable. Si ser saludable es no esperar nada y solamente sentarse a esperar la muerte —tampoco provocarla— yo estoy más sana ahora que me levanto, pongo la pava, saco a mis loras de sus jaulas, saco a mis hijos para la escuela, lavo la ropa, cocino, prendo el noticioso del mediodía, reprendo a mis hijos que llegan de la escuela, prendo la novela, coso, salgo a hacer alguna compra, prendo el noticioso de la noche, cocino, dejo todo limpio y me voy a dormir. Todo eso sin esperar nada.

Antes de que llegáramos a la iglesia yo me retobaba más que ahora. No es que siempre me salió vivir como dice esa revista o como dicen en la iglesia, esperando en Dios. Me animo a decir que cuando vine acá las cosas no fueron como me había imaginado; y para ser sincera digo así pero ya ni me recuerdo qué era lo que se me cruzaba por los sueños cuando acepté irme tan lejos.

Cuando tuve la primera, todo era ilusión porque ser madre es un misterio y según todos me decían te cambia la vida. Y una escucha eso y entiende te la mejora, pero es una confusión.

Lo cierto que cuando apareció ella no sabía bien qué hacer. Me entusiasmaba pensar que algún día iba a caminar, llamarme mamá, tomar mate conmigo y hasta conversar. Además todos me felicitaban y eso es lindo. Después nació el varón y eso parecía ser bueno porque la gente me decía que ya tenía la parejita y cosas así que la verdad no me servían para nada; si yo me aburría y mi marido era un bruto conmigo. Cambió mucho después que nos casamos, dejamos de hacer paseos y cuando se enojaba se ponía demasiado bravo, más que yo me le retobaba. Y cualquier cosa empeoraba el problema: si lloraba, si contestaba. Solamente una podía quedarse callada y esperar, como decía esa revista. Además se la pasaba trabajando en la fábrica, horas y horas, como si tuviésemos tanta necesidad; y teníamos porque de lo nuestro nada era propio, más que el coche y no era un coche muy muy tampoco. Entonces yo ahí le pedía que trabaje menos para estar más conmigo, que me la pasaba sola y aburrida. Él se enojaba, porque entendía que le reclamaba o le daba miedo que me vaya a ir, quién sabe, tampoco es que fuera muy comunicativo. Entonces se enojaba y se armaba. Después había días en los que se pedía franco para estar en la casa y la verdad es que yo tampoco me lo aguantaba: se metía en todo, me cambiaba los horarios y las costumbres que tenía con las criaturas o las retaba por nada. Lo mismo terminábamos en peleas y yo no veía la hora que se volviera a la fábrica.

Un día llegó mi mamá de visita y me vio cómo tenía la espalda. Me dijo: Nena, ¿te pegó tu marido o tu enemigo? Había diferentes maneras. Entonces hizo que armemos los bolsos y nos volvimos a Buenos Aires con mis dos chicos.

Para qué voy a mentir, yo estaba muy contenta. Me sentía liberada: otra vez en la casa de mi mamá con todas las comodidades, me ayudaban con los chicos, me visitaban mis primos, veíamos tele. Hasta íbamos al cine. No extrañaba nada de acá: el viento seco, la tierra, la programación horrible de las repetidoras, las vecinas cerradas que te miran qué coche, qué zapatos, qué vestido. La casa tan silenciosa. Desde que me casé nunca trabajé porque mi marido nunca me dejó. Y yo tenía costumbre de salir, arreglarme bien, tener mis compañeros y mi platita para mis cosas. Intenté trabajar una vez que puse un aviso de arreglos de ropa en la mercería del barrio: lo hice a mano, así, nada pretencioso y le puse el teléfono de mi vecina. No llamó nadie y cuando llamaron me asusté. Acá no vive, dije y colgué rápido. Algo ridículo porque mi vecina que me había ido a buscar ya le había dicho: enseguida le paso. Quedé como mentirosa o una broma de chicos. Reconozco: valiente no soy, pero esa vez que nos volvimos con mi mamá —con mis justas razones porque yo quería un marido y no un enemigo— sentí valentía y me decidí a no volver. Ser madre soltera era una vergüenza con la que yo podía vivir; porque una cosa es ser viuda y otra abandonar la casa. Mi marido lo primero que hizo, cuando llegó de trabajar y se dio por dejado, fue ir a la comisaría y hacer una denuncia por abandono de hogar. ¿No digo yo? Es muy duro. Cuando vio que nada podían hacer para obligarme a volver a mí —a lo sumo le iban a llevar a los chicos y él solo qué iba a poder cuidarlos— llamó a la casa de mi mamá con otra actitud. Pero yo no quería saber nada, tras que me encontré con unas compañeras con las que trabajaba antes de casarme y muy modernas me decían pedile el divorcio. Ellas porque todas solteras y divorciadas pero sin hijos se pensaban que era fácil. Igual yo les hice caso y cuando me llamó mi marido le dije quiero el divorcio, como también había escuchado en la novela. Mi marido se puso a llorar del otro lado del tubo. Sentí una pena porque era bruto, no malo. Algo se podía hablar con él, era trabajador y buen mozo. Pero ya estaba encaminado todo: mi papá Tito había hablado conmigo y me había dicho que si me pensaba quedar iba a tener que conseguir un trabajo. ¡Lo que yo más quería en el mundo! Él ya estaba jubilado y me iban a cuidar los chicos con mi mamá. Habló con un ex compañero para que me haga volver a entrar a Gas del Estado y acepté: me encontré con ese conocido que me pasó a buscar por un punto que coordinamos para llevarme a la capital a arreglar los papeles que necesitaba. Me vestí con un solero de flores y sandalias con taco mediano que hacían juego con una cartera blanca. Me delineé los ojos de negro; me pinté de rojo las uñas de las manos y de los pies; y me saqué la toca un momento antes de salir para llegar con el pelo prolijo. El hombre pasó en el auto, muy amable y simpático, íbamos charlando y escuchando el rock and roll en la radio. Le conté de mi situación medio por arriba, sin lujo de detalle porque tampoco era que me hiciera orgullo. Subila, le pedí por la música. Agarramos la Panamericana a toda velocidad, estaba tan contenta: ¿Cuánto que no iba a la capital? Me recordé de los paseos con Andrés en su fiat 600, tan divertido él, donde me nacían unas ganas de sacar la cabeza por la ventana y estirar los brazos. Andrés se reía y me decía loca, sin mala intención. Entonces yo bajaba la ventanilla y sacaba la cabeza y los brazos; la toca se me perdía en el viento. El coche de este amigo de mi papá bajó la velocidad. No entendí por qué, así que le pregunté. Ya vas a ver, tranquila, me dijo. Se tiró a un costado y apagó el motor. La música también se apagó. Me apoyó su mano en mi pierna y levantó apenas el vestido. Para mi pena dijo que podía conseguirme el trabajo solo si aceptaba tener algo con él.

Volví a la casa de mi mamá y llamé a mi marido para pedirle que me perdonara. Al otro día nos volvimos en el tren con mis dos hijos. Nunca quise contarle a nadie, ni a mi papá Tito siquiera, qué iban a pensar de mí.

AHORA CONTARÉ DE LOS ACCIDENTES en la fábrica para que sepan de la fidelidad de Dios para con mi vida; aún antes de conocerlo, Él me cuidaba porque ya tenía un plan para mí. Primeramente lo sucedido, una vez en un momento, que se había bajado la temperatura de la caldera y entonces el aceite, que se sacaba de la extracción de solvente, se pasó al tanque. El tanque era un tanque grandísimo, de muchísimos litros, y como se había pasado aceite con solvente, cuando fueron a hacer un trabajo de mantenimiento, que tenían que soldar y que cortar con la amoladora, cayó una chispa y se reventó el tanque. Bueno, hizo desastre. Volteó un paredón, paredes de los vecinos, corría el aceite por la calle, volaron las chapas para todos lados y hubo gente quemada. Ahí fue cuando se hizo un nuevo diseño, que los tanques de aceite quedaban en la fosa, un pozo profundo adonde iban tres o cuatro tanques de aceite, que si había algún derramamiento quedaba directamente ahí adentro. Pero anteriormente estaban los tanques a la superficie, al nivel de las calles y todo. Fue por ese accidente que algunas personas le tiraron la bronca a la oleaginosa. También por el olor del aceite del girasol. A mí eso se me había hecho costumbre, porque cuando se trabaja es natural sentir los perfumes de la materia prima y, hasta a veces, de los metales y la grasa misma de las máquinas. Después dijeron en el diario que esa bronca de los vecinos ayudó a que cerrara la fábrica, pero eso era una mentira. Digo mentira, aunque no me guste hablar mal de nadie, porque yo, que con mis hijos y mi mujer teníamos nuestra casa a la vuelta de la oleaginosa, y más encima que tuve la oportunidad de trabajar ahí y conocer todo el movimiento de la fábrica, estamos seguros que no fue por eso que cerró.

En la fábrica hubo muchos otros accidentes. Algunos que me sucedieron a mí y otros a compañeros míos. Uno que puedo contar con detalle es cuando me quemé, pero tuve otros, como cuando me cayó una chapa y me cortó el dedo gordo del pie izquierdo. También tengo hernia de disco, que ese es un accidente del tipo invisible, que se le dice, porque no se ve cuando sucede. Pero el más impresionante, que me aconteció a mí, fue cuando me quemé.

Sucedió así: había una batea, que tenía tres metros y medio de alto por dos de largo, adonde se llenaba con agua. Después se calentaba esa agua con vapor de la caldera. Digamos que era un caño, que venía de la caldera y entraba adentro de esa batea. Abrías la válvula y la ponías a calentar al agua. Cuando llegaba a cierta temperatura, se le agregaba soda cáustica en escama y se revolvía. Cuando se disolvía la soda cáustica, se ponían las cubas. Las cubas son lo que pertenece a las prensas de girasol para sacar el aceite. Eso se hacía cuando había que prepararlas, cambiarles las cuchillas o limpiarlas porque tenían girasol pegado y el aceite mismo, que formaba una goma. Entonces se agarraba y se aflojaba toda la mugre con una espátula. Era uno mismo que rasqueteaba hasta sacar lo más grueso. Le pasabas la espátula y la rasqueta, le sacabas todo lo grueso y la dejabas bien limpia. Al final, la terminabas de limpiar con una manguera de vapor.

Bueno, el día de mi accidente, el encargado de todo no va que me manda a echarle la soda cáustica a la batea. Habían estado calentando el agua y estaba pasada la temperatura. La soda cáustica en el agua caliente hay que largarla a cierta temperatura, para que no esté demasiado caliente, porque forma una reacción y se vuelve peligroso. Entonces, cuando le fui a echar la soda cáustica, se ve que tendría más de ciento y pico de grados y cuando apenas le volqué la primera parte de la soda cáustica, el agua saltó y me agarró la parte de la cara del lado derecho, los dos brazos y el pecho todo.

A medida que me iba sacando la camisa, se me salía la piel. En ese momento yo aún no tenía a Dios en mi vida, entonces nomás pensé en mis hijos y en mi mujer. Nos conocimos los dos cuando ella tenía veinte y yo tenía veinticinco, algo conveniente para poder cuidarla mejor. Pensé en mi mujer, me vino la imagen de la primera vez que la vi. Fue ahí mismo, en la puerta de la fábrica que me la presentaron. Era prima de mi compañero Ricardo y estaba de visita de Buenos Aires, pasando unos días con sus parientes. Me acordé de ella, que era enero y se había tomado sus vacaciones, así que andaba paseando con un vestido fresco, pelo cortito así y la piel húmeda, porque hacía calor. Tenía pintadas las uñas de los dedos de las manos y de los pies, una costumbre bonita que todavía conserva. Ahí que primero hablé con su primo y después de que él me dijo que sí, la invité a salir. Nos mandamos algunas cartas cuando ella se volvió para Buenos Aires. A mí me cuesta escribir pero hice lo mejor de mí. Primeramente escribía la carta y después se la daba a las chicas de las oficinas de la fábrica para que me ayuden. Ellas me corregían los errores y yo la pasaba con buena letra. La metía en un sobre y le agregaba alguna foto para que no se olvide de mí. En una oportunidad le mande una de mí vestido con la ropa de salir, pantalón vaquero azul y campera de cuero marrón, con un cigarrillo en la mano en el centro de Necochea. En otra oportunidad le mandé una en malla tomando mate con mi mamá y mi papá, abajo de la parra en Moreno, de donde salí. Viajé a verla dos veces y ella viajó más una. Le regalé los anillos y a los cinco meses nos casamos, con fiesta y todo.

Elena, en ese momento estaba toda entera y se vino a vivir conmigo. Digo que ahí estaba entera porque la pobre tuvo también en lo suyo un accidente grave, perdió la vista del ojo izquierdo, cuando fue a nacer la Melisa. Más que encima, no pude estar en ese momento porque estaba en la oleaginosa. Entre que me avisaron y llegué al hospital, ya había tenido la bebé y también un accidente de presión, que le sacó la vista del ojo izquierdo. Siempre me dice vos no estuviste en ese momento. Y no me lo perdona y yo tampoco me lo perdono. Sé que Dios me ha perdonado, por eso y por todas las veces que me equivoqué con ella y con mis hijos. Él me ha cambiado y conoce mi esfuerzo. Cuando me saltó el agua hervida con la soda cáustica, me acordé de Elena, porque ahora íbamos a estar los dos accidentados y ya no tan enteros, como se nos ve en la foto que supimos tener colgada en la pieza nuestra. Una foto un poco desteñida ya, donde mi mujer tiene un vestido blanco que le hizo su madrina y yo un traje gris, que me alquiló mi papá. Ahí que cuando me saltó el agua, me empecé a sacar la camisa y claro que sentí el dolor, mirá que no voy a sentir, pero más pensé qué va a decir Elena. Por eso pedí por favor, no le digan nada a mi mujer, mientras me llevaban de emergencia para el hospital.

Cuando sucedió el accidente serían las doce del mediodía. Yo iba diez horas de trabajo adentro de la fábrica, que serían unas diez horas afuera de mi casa. Volví a mi casa a las dos de la

mañana ya del otro día. Entonces, digamos que estuve vein-
ticuatro horas afuera de mi casa. Por eso, primeramente, mi
mujer mandó los chicos a preguntar por mí que no aparecía y
los guardias se hicieron los burros. Ya después fue ella desesperada, con todos los chicos. Armó ese tipo de escándalo que
saben armar solamente las mujeres. Tan grande, que hasta las
criaturas también se pusieron a llorar y el guardia le tuvo que
decir de mi accidente, para tranquilizarla. Cuando volví a casa,
aunque eran las dos de la mañana, estaban todos levantados
esperándome y apenas pasé por la puerta los chicos saltaron
haciendo fiesta y mi mujer me abrazó. Lloraba. A ella el ojo ciego
le lloraba lo mismo que el ojo no ciego. Es decir que su ceguera le
era indistinta a la hora de llorar. A mí lo que más me molestaba
del mundo era cuando ella lloraba y yo no podía hacer nada.
Me hubiera gustado poder mandar: a ver esas lágrimas que se
metan para adentro; y que las lágrimas me obedecieran. Pero
es algo que no puedo hacer. Ahora que tengo a Dios en mi vida,
puedo pedirle por ella, y hablarle a mi mujer como Jesús le
habló a esa viuda que lo había perdido todo: mujer no llores,
vas a volver a sonreír. Sencillo. Y es que Jesús dijo: yo soy la re-
surrección y la vida, el que esté muerto, vivirá. Se refiere a la
ilusión que se nos muere, me doy cuenta.

Me quemé bastante, una quemadura de tercer grado, allí
que me tuvieron que mandar a curaciones y operarme. Dios,
aunque ahí todavía no estuviera en su camino, permitió que la
soda cáustica me queme pero no que me agarre los ojos. Alcancé
a torcerme de costado y me quemó nada más que la cara, el
cuello y el pecho todo, pero la vista intacta.

Voy a contar más un último accidente, que son algo natural
de las fábricas. Testimonios que a uno le quedan para contar.
Este no me pasó a mí, le pasó a mi amigo el Pájaro, de nombre

Julián Jiménez. Él estaba en ese turno encargado de la parte de máquinas, que era la secadora y después de ahí pasaba todo directo a la zaranda. En un momento, sonó la chicharra que indicaba un motor detenido. Corrí a ver qué pasaba con el Pájaro y el Pájaro no estaba. En la sala principal había un tablero en la pared donde ver en qué sector y en qué sala se había parado el motor. Lo marcaba el encendido y el apagado de una luz. Fui a mirar el tablero, cuando entró el encargado de seguridad, que se llamaba Daniel Rossi y puso en marcha nuevamente el motor que estaba cortado. Era una esclusa que lleva el polvillo la que se había parado. Trabaja con un motor y con una forma como que si tuviera muchos baldes. Daniel Rossi apretó el botón de arrancar esa esclusa justo cuando el Pájaro, también alarmado por la chicharra, estaba desatorándola con la mano metida adentro de ella. Esa máquina llevaba un sistema de seguridad, como todas las máquinas, y cada uno de nosotros tenía una llave para darle un corte definitivo al motor antes de meter mano adentro. Y bueno, qué habrá sido que pensó el Pájaro y mandó las manos sin dar la vuelta de llave que cortara definitivo el motor. Entonces, cuando Daniel Rossi apretó el botón de arranque desde el tablero, comenzó a sonar otra alarma junto con los gritos de la mano del Pájaro. Le cortó tres dedos: el dedo gordo y los otros que siguen. Le quedaron el dedo chico y el otro que sigue.

Nosotros corrimos hasta la sala, le sacamos la cadena al motor y comenzamos a dar vuelta la esclusa. Le ayudamos a sacar la mano y le faltaban tres dedos. De corazón que los buscamos, los juntamos y le tapamos la mano con un pañuelo. Los de la oficina, que tenían los coches estacionados en el estacionamiento de la oleaginosa, ni se animaron a manejar el auto para llevarlo al hospital. Prefirieron prestarme un coche bueno y fui yo quien manejó. Quién hubiera podido imaginar que más adelante me iban a despedir, con la indemnización iba a comprar una parada de taxi y que manejando iba a ser que me iba a ganar la vida.

Nunca dije nada que fue Daniel Rossi quien apretó el botón y arrancó la máquina. Quedó todo un secreto y nunca nadie se pudo enterar que había sido el de seguridad mismo quien provocó el accidente. Dios es misterioso. No le quise hacer perder el trabajo, por eso quedó todo en secreto. Daniel tocó el encendido no por una mala intención, sino porque tenía esa costumbre, que le venía por haber estado, antes de llegar a seguridad, en esa sección de mantenimiento como un trabajador más, igual a nosotros. Pero bueno, después pasó a estar encargado en su turno y después lo pasaron a seguridad. Por eso es que Daniel fue, apretó el botón y ocurrió ese accidente, que fue lamentable porque el Pájaro perdió tres dedos. La fábrica era de aceite de girasol, pero también parecía una fábrica de hombres feos. Guardé el secreto, pero cuando me dijeron los patrones de comenzar a pasarme para ascender, como lo pasaron al Daniel, me acobardé y pensé, mejor yo me quedo donde estoy, y así fue que hice.

Antes de abrirle la puerta a Jesús no pedían a Dios que los cuidara, ni prosperidad, ni luz, ni abundancia. Tampoco era que llamaran a la policía. Si había ladrones había que cazarlos, si había hambre había que llenarla y si había enfermedad, bueno. La cuestión era cómo y la respuesta no venía de la Biblia sino de consejos o inventos propios. Después Jesús llegó a ocupar todo. Amo y Señor. Si les robaban eran pruebas de Dios y si no les alcanzaba eran desiertos que atravesar para aprender algo. Si peleaban entre ellos era soberbia de sus corazones. Y si no sanaban era porque la medida de su fe no era ni del tamaño de un grano de mostaza. Ni ese poquito de fe tenían, raro le parecía a Ismael porque él sentía que tenía mucha. En cambio a Elena le parecía que Dios la espiaba porque era cierto que ella dudaba. Y es que sentía frente a Dios como las veces que intentaron pedir un préstamo para construir la casa: les evaluaron mucho y tantos papeles, para darles nada.

Hasta el momento en que todo lo ocupó Jesús y la salvación que había comprado con su sangre en la cruz del calvario, Ismael era encargado de proteger y Elena de sanar. Para esa ocupación Ismael tenía rifles envueltos en frazadas y perros. También tenía fuerza y un cuerpo modelado por el trabajo. Elena para la suya usaba varias soluciones anteriores al hospital, que le significaban tener que levantarse con el día sin amanecer, vestirse con la ropa de salir y cargar las libretas sanitarias en su cartera. Después tomarse el colectivo, llegar, pedir indicaciones, entenderlas mal y volver a pedirlas. Hacer una fila sin fin entre otros con su misma suerte, sentir el olor infeliz de la lejía, repartir coscorrones duros a los hijos que no paran de moverse y lloran por monedas para ir al quiosco.

Para evitar el hospital Elena tenía sus procedimientos, aprendidos de Gerónima, que nunca dejó de lado ningún saber que se le ofreciera. Cuando les dolía la panza, recostaba un algodón grande empapado en alcohol sobre el vientre y le decía al doliente que se quedara en la cama, boca arriba, hasta que el dolor pasara. Funcionaba. Si les dolía la cabeza por jugar al sol, sacaba el crío al patio y lo sentaba en una silla. Cubría con una toalla roja su cabeza y lo hacía agacharse, acompañando el movimiento de la espalda, despacito con la mano. Cuando la criatura estaba inclinada, le juntaba la boca de un vaso con agua a su mollera. Después ayudaba a la criatura a erguirse. El agua no se volcaba, quedaba atrapada dentro del vaso por la mollera de la criatura que le hacía de tapita. La crianza se quedaba sentada con Elena apoyada en su espalda con una mano y con la otra sosteniendo el vaso a la espera de que el agua burbujeara en señal de bienestar. Todo esto era provechoso para la criatura porque Elenita, que siempre estaba con su hacer, abandonaba al resto de los hijos, al esposo y a la casa, para quedarse un rato quieta solamente con ella. El crío con solo olerla o dejarse asistir con sus manos finitas, era invadido por una electricidad en los ojos, un sueño intenso al que se resistía por no abandonar aquella escena.

De ahí las enfermedades se les hicieron costumbre. Enfermedades de costumbre son el asma, las alergias en la piel, los hongos y los piojos. Están los dolores de cabeza, de panza, la conjuntivitis, hacerse pis en la cama y la gripe. También la locura y la tristeza.

La otra forma que tenía Elenita para tratar las enfermedades era llevar a sus crías a lo de doña Beba, que tenía un almacén a la vuelta de la casa. No había mucha variedad de diagnóstico, siempre era empacho o mal de ojo. Si era empacho, apoyaba una cinta en el pecho y se acercaba a la niñez susurrando un rezo mientras hacía la señal de la cruz. Si era mal de ojo, lo curaba con el pensamiento mismo. Doña Beba era muy querida por Elenita, quien por su porte y su edad, era lo más parecido a tocar a su mamá. Y es que a Gerónima por la distancia la veían poco. Y cuando uno ve poco, extraña mucho y encuentra al otro por cualquier lado.

Lo cierto es que Beba de Gerónima no tenía nada. Siendo dueña de un almacén, no atinaba a sacar uno de sus alfajores o caramelos y regalar. La idea cruzaba por su cabeza, porque las crianzas miraban con cara de narices frías, pero por dentro sabía que esa es la cara de las crianzas para sacar provecho y dejaba pasar el pensamiento. Ella podía, pero como no estaba en obligación no hacía, un dilema muy común en la vida de los que tienen. Para disimular que no quería dar les decía los dulces son malos, sacan caries. Y Elenita para disimular que no podía gastar decía sí, son malos malos, se te arruinan los dientes, a mí me arruinaron los dientes los embarazos. Y entre las dos ayudaban a que la miseria pareciera protección.

Una vez el Manuel pidió pasar al baño y quedó maravillado ante el lujo del azulejo marrón casi dorado combinado con los artefactos. El espejo grande bajo la luz de una lámpara con forma de flor. Tan maravillado quedó la cría que intentó esconder, debajo de su buzo, una toalla de mano con flores bordadas y dos jabones con forma de rosa, para regalar a su madre. Exagerado el bollo en el vientre de su hijo, apenas lo vio salir del baño Elena lo cascó delante de todos. Pidió perdón a Beba y le devolvió. Ella aceptó las disculpas y se le cruzó por la cabeza darle un caramelo a la criatura que lloraba sin consuelo. Pero apañada por la criatura que la insultó vieja rata, pensó estos van a salir todos chorros, y dejó pasar la idea.

Las crías hicieron venganza de estas cosas. Usaron unas rifas viejas de la escuela, que ya habían sido sorteadas, para vendérselas a la curandera. En esta actividad de inteligencia participaron todos. Hasta Lorena, que horas más tarde de la estafa, cargada de culpa, fue hasta Ismael a confesar lo que habían hecho. Elena fue encargada de reparar la falta, llevar a las crianzas estafadoras hasta la puerta de la casa de doña Beba, devolverle la plata y repartirles coscorrones en frente de ella. Que viera que eran gente bien. Ahí fue que doña Beba pensó: estos van a crecer y ni se va a poder salir. Pero miró a la madre, una veinteañera con un ojo ciego, y no quiso traerle más problemas. Tranquila querida, cosas de chicos, la alivió. Al otro día, mandó llamar un herrero, que midió las ventanas y puso las primeras rejas del barrio.

Esta era una curandera que vendía caro así que solo iban para emergencias. Y no los hacía pasar a la casa y sentarse en los sillones suaves e inflados que seguramente tendría junto a un modular de puertas de vidrio lleno de licores. Tampoco les ofrecía agua o les preguntaba si tenían sed. En vez, los atendía ahí mismo en el almacén, del otro lado del mostrador como si dijeran que querían pan o paleta, pero querían salud.

Para sanar una verruga que le salió a la Meli en el pie, cobró 5. Un kilo de pan costaba 1, lo mismo que la cerveza y 2 medio kilo de fiambre surtido. Valgan los 5 por evitar el hospital todo. Tenían que hacer un paquetito falso, envolviendo una cajita en papel de regalo y pegándole un moño. Para que después la

Meli camine por la calle con el paquete en la mano, lo tire por el aire hacia atrás y siga caminando. Sin mirar ni detenerse. Doña Beba les vendió el papel de regalo por 1 y Elena armó el paquete envolviendo una de las cajas del salbutamol que usaban para el asma. Después pegó con cinta un moñito que fabricó con el mismo papel y listo. Se lo dio a la Meli para que haga esa magia cuando volviese de la escuela. Esa tarde la Meli, sin dar explicaciones al Manuel que la miraba sorpreso, abrió, rompió y tiró el paquete en los yuyos de la vía del ferrocarril detrás de la casa.

Agotadas las instancias, Elena la llevó al Hospital Municipal donde le recetaron un método para la verruga. Ahí fue que todas las noches la mujer abandonaba los hijos, el esposo y la casa y llenaba un balde con agua tibia donde hacía a la Meli meter los pies. La dejaba ahí como quince minutos y regresaba un poco a las demás cosas que la demandaban. Después volvía a abandonar a los hijos, el marido y la casa y se dedicaba a la Meli hasta terminar el método. Se sentaba junto a ella y sacándole el pie del balde se lo apoyaba en su falda. Después le pasaba en el talón una piedra pómez hasta que intuía ahí está. Dejaba la piedra sobre la mesa y ponía un líquido para quemar la piel que estaba mala y separarla de la piel que estaba buena. Le envolvía el pie con una gasa y la mandaba a dormir, para poder volver a los hijos, el marido y la casa.

Después de la llegada de Jesús ya no pudo usar estos métodos porque dejaron de ser de ella y pasaron a ser del diablo. Así le explicaron en la iglesia. Una pena, pensó Elena cuando se dio cuenta de que tenía que entregarlos a cambio de qué. La que a veces los seguía usando era Gerónima. Se enojaba Ismael con ella cuando le descubrían una tijera en forma de cruz bajo la almohada o una piedra sobre la foto del nieto enfermo. Eso detenía el obrar de Jesús y le abría la puerta a las miserias, decía.

A los únicos que conocí muertos de edad fueron perros. Los demás siempre alguna peste, un cáncer, la diabetes, el río. Y yo ahora estoy en el tercer grupo, en los de la sangre con azúcar alta, que ahí nos tienen privándonos de todo lo bueno, que son la manteca, el pan y la azúcar. También el vino.

Quién iba a decir que a mí, que de ahí salí y anduve corriendo en patas entre las uvas de Entre Ríos, ahora me vendrían a prohibir el paladar. Qué serían los treinta, cuando me dijeron Gerónima, esta es tu madrina; y me pararon en frente de la doña que me miró así, de arriba abajo, me dio vuelta, me levantó la pollera y me corrió el calzón. Quédate mansa, me retó la catalana de mi mamá. Me quedé como me mandó y dejé que la madrina me revisara los dientes. Qué andará buscando, será que me pregunté. Pero qué iba a saber si hasta ese momento mi madrina era una señora nomás, que alguna vez la había visto, si es que la había visto, llegar del brazo del patrón, dueño de la tierra que trabajábamos para vivir. Dueña de los parrales que después dejarían a su suerte porque la uva que daba esa tierra era mala para vino, se abichaba demasiado, no convenía. Yo también la analicé a ella, aunque sin meter manos: el vestido bien, colonia bien, zapatos acordonados bien, apenas embarrados, habrá sido en el trajín entre que se bajó de la carreta y que la pararon frente de mí o al revés. Sombrero. Ninguna falla, ni agujero, ni sospecha de polillas que hayan andado haciendo hueco entre sus cosas. En cambio ella me encontró el índice derecho cortadito así, a esta altura, que tengo, con la uña asomándose como un cuernito y preguntó: ¿Y esto? Nadie le quiere hacer estafa, contestó mi mamá entre ofendida y avergonzada por la falta, digo yo. No fue que salí fallada de fábrica. Llegué al mundo entera, pero un apuro con uno de mis hermanos me dejó sin ese pedazo. Pedacito digamos, que tampoco es tanto. Hermanos éramos trece, casi todos varones menos yo y mi hermana la Elena. Sería que éramos: el José, el Miguel, el Antonio, el Enrique, el Julián, el Vicente, el Rafael, el Félix, el Francisco, el Ramón y el Pedro. Ese era el orden. El Félix y el Francisco eran mellizos entre ellos y la Elena era la mayor de las mujeres, estaba entre el Antonio y el Enrique, la cuarta sería del conjunto. Yo, Gerónima, había venido después del Francisco, sería la antepenúltima del conjunto si contás de atrás para adelante.

¿Y cómo se lo cortó? Escarbando lombrices. Será bastante india esta, dijo mi madrina y me largó la mano.

Quién iba a entender qué pasaba, pero la vi salir de nuestra casa a la Elena, con el vestido nuevo y una bolsita, como de las veces que nos hacía vestir mi mamá para ir para Concordia: peinada prolija, tirante para atrás. Esos peinados que nos hacía, que habría traído aprendidos de España, y nos cepillaba hasta las lágrimas para lograrlos. La Elena ni lloraba, porque ya era señorita, pero a mí hasta me metía y sacaba la cabeza de adentro del agua, a los gritos pelados, para aflojarme los nudos del pelo y dejarme emprolijada. Yo forcejeaba, también. Pero esto contadas veces habrá sido, de las veces que fuimos a Concordia. Así que ahí nomás cuando la vi a la Elena pensé ahora me toca a mí y pedí fuerte salvación. Quién pudiera librarse de su propia cabellera así como quien se desprende y deja caer el vestido durante la corrida en el tramo antes de saltar al río.

Sin decirme ni mu, ni intentarla por las buenas, mi mamá me cazó de los pelos y me llevó al río un poco a pie, un poco a rastra. El escándalo llegó hasta mis hermanos, que estaban entre los parrales, moviendo la tierra, bajando uvas, ahí que sería mes de octubre. Sacado el vestido, entramos juntas al agua. Yo me retorcía porque me gustaba el río, pero no que me refregaran como a un trapo y me hicieran doler. Enderezate, enderezate, me ordenaba mi mamá y me tiraba de los brazos el cuerpo para arriba, como ensañada en volver a mostrarme el equilibrio que después se usa para aprender a caminar. Y yo me revolcaba contra el agua, me hundía con fuerza y gritaba como si me estuvieran matando. Me le escapaba de sus manos de campo que tenía, hasta que consiguió cazarme de la mollera y subirme a flote de los pelos, ajustarme hacia arriba como se le ajusta a los caballos de las riendas para que frenen. Me sentía hecha una lágrima, no se sabía dónde terminaba mi llanto y comenzaba el río, pero me rendí ante el dolor del cuero cabelludo, que es uno de los peores, y me quedé mansa, apenas sacudiéndome un poco pero llorando a moco tendido, con gemido y todo, mientras mi mamá me frotaba con un jabón que había traído de España y guardaba entre sus vestidos para que se los perfume. Ahora lo gastaba en mí, me frotaba y me fregaba en el río, bajo el cielo celeste de la tarde. No se entendía sí quería lavar la mugre o asfixiarla. Me tiraba del pelo que usaba de correa para que no me le escape, me hundía entera para enjuagarme en la oscuridad del agua y me sacaba para volver a enjabonarme y volver a hundirme, en su fuentón que era el Uruguay. Yo gritaba a boca de jarro, le rogaba que me soltara. Y tanto me subió el enojo cuando me pasó el jabón por la cara y me ardió los ojos, que le pegué en el hígado una trompada. Puta. El golpe le hizo perder el equilibrio y cayendo de rodillas se abrazó a mí. Me asusté y fui rápida: corté el llanto y la atajé de los pelos, para que se enderece y no trague agua o para que no la trague el río, no sé. Ahí le miré a la cara, sosteniéndola de la mollera con mi puño cerrado, lo más ajustado que me salió, al ras de su cuero cabelludo, como había aprendido de ella. No sé si habrá sido el río, que a veces no deja diferenciar dónde termina la persona y comienza él, pero me pareció que ella también lloraba. Tampoco sé cuánto tiempo habrá sido que se quedó de rodillas, un medio abrazada a mí y otro medio colgada de mi mano, pero bastante como para que yo alcance a ver pasar volando una catita. Dos, tres, cuatro, cinco, seis, siete catitas. A la séptima catita sería que la catalana que era mi madre, hizo fuerza, se paró y me sacudió la cara con un cachetazo. Buscá el jabón, me mandó y me hundió al fondo. A ciegas tanteé, busqué con mala suerte, se había perdido. Perdoname, le avisé llorando y ella me cacheteó de nuevo, antes de terminar de sacarme la grela. Qué culpa tendría yo por lo que le sacaba el río.

Me puso un vestido de comunión de la caridad y me hizo que me pare al lado de la Elena, que estaba callada con su bolsita en la mano. También me hizo calzarme con unos zapatos que me iban grandes, me sobraba un pedazo así, yo sería veintinueve y esos serían treinta y cuatro. Ahí la madrina me vio y dijo está bien, es nomás hasta llegar a Buenos Aires. Entonces imaginé que Buenos Aires no sería tan distinto si allá también iba a andar en patas. Cansada de la lucha en el río y con el dolor del peinado tirante, me hizo sueño. Dada por vencida, me quedé al lado de la Elena, turnando el peso de una pierna a la otra, para aguantar. Al rato nomás fue que llegaron mis hermanos los varones que estaban entre las uvas y nos dieron un beso en la frente o en la cabeza, a mí y a la Elena, que lagrimeaba. El Miguel quiso abrazarla y mi mamá dijo no, que le vas a pasar la roña, y el Miguel repitió el beso en la frente. Ella estaba cierta, los varones estaban hediondos desde las seis de la mañana sacando uvas, limpiando bichos, moviendo tierra. El último en aparecer desde el monte fue mi papá, que se agachó, nos abrazó a las dos juntas y dijo: kamba porâ, opurahéi tape rupi.

Fuimos de carreta con la madrina hasta Concordia. Sobre mi falda llevaba la bolsa que me había dado mi mamá. Adentro tenía un racimo de uvas, un pan, media frezada y un pañuelo bonito, blanco, que había bordado ella, una cosa que habría aprendido en España. Le pregunté a la Elena qué tenía la de ella. Abrió la bolsa y me enseñó: tenía igual, solo que a ella le había tocado la otra mitad de la frezada. La Elena lloraba, pero sin hacer ni un ruidito, y yo le dije aprovechá el pañuelo, y le agarré la mano. Me hubiera gustado decir algo mejor. Y me dormí mirando afuera, todo muy quieto para ser que nos movíamos. Apenas algún grupo de catitas que pasaron volando interrumpieron mi sentimiento. Después el monte verde y embrutecido al costado del camino me parecía bien, ni lindo ni feo, bien. En realidad yo era lo único que tenía visto, y eso me hacía pensar que no había un paisaje, pero había un paisaje.

Me desperté asustada por un sueño donde un zorro nos seguía para sacarnos las bolsas. Tenía la cabeza sobre la Elena y entre el movimiento de la carreta se me había perdido uno de mis zapatos.

Y sí, dijo mi madrina cuando bajamos en la estación y me vio el pie descalzo. Es que me iban algo mayores para no ser míos, me hice.

Mientras esperábamos que la madrina compre los boletos, me comí medio pan y tres uvas. Hacía poco tenía aprendido contar hasta diez, porque el Miguel me había entrenado. Todo lo que se veía a poco, lo contaba para mantener la práctica y alguna de esas veces me las acuerdo. Lo que se veía a mucho no me gastaba en contarlo porque me daba cuenta que los diez números que conocía no me iban a alcanzar, entonces para qué. Otras cosas que conté fueron los boletos, eran tres igual que nosotras y las bolsas que llevábamos también eran tres. Elena tenía dos zapatos, yo uno, la madrina dos. La madrina tenía un sombrero y nosotras cero sombrero, pero teníamos dos pañuelos, uno cada una y a la madrina pañuelo no le vi, pero tendría. No pude ponerme de acuerdo si teníamos dos frezadas, una yo y otra la Elena, o solo una que mi mamá la cortó para repartirla y entonces parecían dos. El tren tenía ocho vagones y una locomotora. En el vagón éramos muchas personas, más de las que había visto juntas hasta el momento. No las pude contar, pero sí podría asegurar que todas iban sentadas y que se parecían más a mi mamá y a Elena, que a mí y a mi papá que éramos más bien así como se me ve, morenos. El tren comenzó a pitar y yo salté debajo del asiento, apretándome las orejas con las dos manos. La madrina me agarró de los pelos y me sacó afuera. No sos un animalito, así me retó y me sentó de un empujón. Yo le vi a la Elena que lloraba, busqué en mi bolsa y le di una de mis uvas. La marcha del tren era fuerte y balanzaba mucho, de un lado para el otro. Ahí que vomité y la madrina me revoleó las uvas que me quedaban por la ventana. No es que yo tenga buena memoria, tener tengo, pero una muy mala o una que les hace a algunos decir usted miente, no fue así, charlatana. Pero no es que mienta sino que uso la memoria como me conviene, que no es lo mismo. Es que si la memoria es mía, no va a desfavorecerme. Y a veces para contar las cosas y que se entiendan como son, lo mejor es contarlas diferentes a como sucedieron.

Al tren lo subieron al ferry, cruzamos el río Paraná, y de ahí ya estábamos cerca, nos avisó la madrina. Cerca de estar bien jodidas, pensé. A mí me llevó la madrina a vivir con ella y a la Elena la dejó para otra casa, a otra madrina habrá sido que se la dio. La madrina que me tocó fue una madrina mala, mezquina, que me hacía de todo tipo de maldades y me culpaba. Sentime, que una vez porque me llené de piojos me llevó a una barbería y pidió al barbero que me rape. A ella yo no le hacía fuerza como a mi madre catalana que tuve, porque no había confianza para ofrecer pelea. Así que, de estar entre desconocidos, algo me habré amansado. Llorando, sentada en la silla, escuché cómo el barbero intentó convencerla, que antes de pelarme había otras soluciones. Querosén o vinagre, envuelto en toalla, no dejan nada vivo. Pero ella dijo que no, que no, y el hombre comenzó a sacarme la cabellera. Ahí yo cerré los ojos a puro llanto, me hice consuelo y me vi en pata, en una carrera con mis hermanos hasta el río, desprendiéndome sobre el trote mi vestido para llegar desnuda al borde del agua justo antes de saltar.

Con la Elena nos vimos algunas veces más, porque ella estaba en San Isidro y yo en San Fernando. De ahí, que mi casita ahora la tengo por la zona, al costado de la autopista. Es una casita linda, de material, rosada y de rejas amarillas, piso cerámico. Jardín adelante y al fondo. De ahí también que cuando nació mi hija le puse María Elena. ¿Por la santa?, preguntan. Preguntan y digo que sí. ¿Por la Virgen? Preguntan y digo que también. Es que la verdad, no voy a andar haciéndole desprecio a la protección de nadie, pero puede que más bien sea por mi hermana, la Elena, que la quería tener de nuevo conmigo, quién sabe. Lo que sí, que la última vez que supe de mi hermana fue una vez que pasó a visitarme y avisarme que se volvía para

Concordia. Yo tenía quince, ella era más grande y ya no tenía obligación con su madrina, así que se las tomaba. En realidad, esa no fue la última vez que supe de ella, fue la última vez que la vi. La última vez que supe de ella fue una vez que la llamé al teléfono de la despensa cerca de su casa, para preguntar cómo estaba y me explicaron que le dejó de andar el corazón, mientras se enjuagaba la cabeza en un fuentón bajo el sauce de su casa, a las tres de la tarde, más o menos serían. Habrá sido la calor o la posición que le hizo el daño. Mientras me lo contaban yo estaba en el teléfono de la casa donde trabajaba cama adentro y la patrona, que era buenita, me prestaba para llamar. Juro que mientras escuchaba de mi hermana y su suerte, corrí un poquito la cortina, miré por la ventana y vi pasar una, dos, tres, cuatro, cinco, seis, siete catitas, atrás y altas, en el cielo.

VOLVIERON A CONFUNDIRLA más tarde. Salidos de la iglesia, subidos en el auto, el padre los sacaba pasear por el barrio alto de la ciudad. Las casas grandes, rodeadas de corto verde pasto, alguna fuente, reja ostentosa, ladrillo a la vista. Todo preparado para la Navidad. Despacio y sin permiso, orillaban las construcciones costosas, para mirar las luces que delineaban con cálido resplandor techos, ventanas y puertas. El andar lento y suave del auto era por espías. No eran de ahí pero mirar les endulzaba los ojos y las ilusiones. Eso les fabricaba sentimientos a deuda de respeto y con el mayor silencio que les salía lo pagaban. Forasteros felices de los que nadie debía descubrir su existencia. Paseaban cuidadosos de interrumpir el barrio caro, ni que el ruido de sus motores pudiera apagar alguno de los racimos eléctricos despertadores de admiración.

El andar como ladrones mirando la decoración de diciembre se interrumpió: en una de las casas había una fiesta. Y tanto se divertían en la fiesta que salían hacia afuera las carcajadas de la música y el alcohol de las copas. El padre no aceleró el paso del auto, y el caminar jubilado del caucho dejó ver a los ojos de la Meli, pegados al vidrio, como quien se abraza a una figurita inconseguible, una celebración de lentejuelas y disfraces. Se transparentaban las ventanas y dejaban traslucir el baile, cual blusa indecorosa de una mujer mala que insinúa desnudez. Algunos invitados parados en el parque de la casa sostenían burbujas doradas en las manos que brillaban en sus cabezas. Entre ellos, la Meli diferenció dos hombres abrazados bailando como dos novias. Besos entre los hombres. Camila, sopló su memoria mientras la piel de su cara se teñía con las luces cálidas que entraban del festejo del mundo.

Después salieron a la ruta, fueron hasta el puerto. El padre arreó el auto a la banquina, bajaron en la oscuridad de la noche. Los camiones les pasaban cerca con su decoración de faros violetas, rosados y amarillos. Les señaló la industria encendida entre caños, tubos y vapores de focos anaranjados. ¡Admirad nuestro palacio! Se divertía y se abrazaba a su mujer, que por el calor traía lo morena combinado con el momento que avisaba verano. El viento les volaba el pelo sobre la cara y alguna ráfaga les hacía entrecerrar los ojos. Sonreían.

La Meli durante dos mañanas amaneció sin dormir, en vez repasó. Sintió enfermarse. Imaginó qué usaría si la invitaran a una fiesta con tantos permisos. No le salía hacer otra cosa que inventar con quién bailaría, para quién los besos. Quién sería. Cuán alto el brillo de sus zapatos. ¿Y el largo de su peinado? Corto, pero no por los piojos, porque sí. Entonces avanzada la tercera noche que ya se anunciaba hermanada en el desvelo a las anteriores, se paró de la cama. Caminó tres pasos hasta la pieza de sus padres y golpeó la puerta. Una puerta de madera de pino, picaporte simple de metal. Esperó. Volvió el golpe. ¿Quién es? Abrió, asomó y en penumbras miró a su madre dormida de espaldas que, hecha un bollo, refunfuñó un sueño: comen como chanchos comen. Su padre hizo que no con la cabeza y sentó en la cama. ¿Qué pasa? No puedo dormir. ¿Qué pasa? Viste la fiesta que vimos. ¿Y qué pasa? Que soy como ellos.

Ahí vino la confusión. El padre le mandó hacer una oración de la misma suerte que aquella para dejar entrar a Cristo en el corazón, pero en vez de decirle yo te abro a Jesús, fue repetir yo le cierro a los espíritus de confusión y distorsión. Cerró y le mandó dormir. Voy hacer más cuidado por dónde ves.

DESPUÉS QUE NOS VOLVIMOS con mis hijos, hubo un tiempo como quien dice de bonanza. Estábamos acobardados, esa es la verdad. Por su lado mi marido sabía que yo era capaz de irme y por otro yo volví agradecida de tener un marido y no ser una cualquiera que queda bajo los peligros de la calle. Muchos piensan que las que andan solas son hijas de nadie, mujeres de la mala vida y que pueden hacer con ellas cualquier cosa.

Lo que comenzó a pasar es que yo me largaba a llorar, si no era todos los días, día por medio. Mantenía la limpieza hasta ahí nomás y coser me entusiasmaba nada. Mi marido, que siempre me quiso bien, tampoco tenía idea qué hacer. Entonces yo vi algo en el noticioso que aunque no entendí bien, de ahí saqué la idea: le pedí ir al psicólogo. Primero se me rio me dijo al chiflólogo y yo le respondí llorando. Entonces se puso mal conmigo y cuando pensé que iba a pegarle a la pared dijo que se iba a caminar. Me quedé sola como hasta las tres de la mañana. Al otro día volvió bien conmigo, me contó que preguntó a las de la oficina de la fábrica y le habían recomendado un psicólogo. Me dio un papelito donde había escrito la dirección. Le avisé que estaba escrito con c, pero no mal, se lo dije buena manera porque era cierto. Entonces otra vez se puso mal conmigo. Dijo, te pensás que soy un burro de carga, y se fue como hasta las tres de la mañana. Yo no tenía ni teléfono para llamar a mi mamá. Así que me quedé acostada mirando el techo y pensando ¿para qué le dije? Al otro día volvió de la fábrica de mejor ánimo: me preguntó si había podido llamar. Ahí no me aguanté más, quebré en llanto: es que había llamado y cuando pregunté si podía ir con los chicos me dijeron que no, y yo no tenía ni con quién dejarlos. Entonces me abrazó y me dijo que podía acomodar su franco.

Llamamos del público, a veces le pedía el teléfono a la vecina para llamar pero ella se quedaba escuchando y la verdad no quería que se entere lo del chiflólogo. Digo llamamos por la costumbre: yo estaba siempre sola con mis hijos, que recién eran dos para ese entonces y muy chiquitos.

Antes de salir de casa mi marido me dijo: le vamos a pagar para que hables mal de mí. Yo le dije que no, que eran cosas mías, haciéndome la tonta y me tomé el colectivo al centro. Llegué y no había nadie antes que yo, nada de hacerte esperar como en el hospital. Me senté en su escritorio y me preguntó por qué había ido. Hasta ahí como cualquier médico parecía. Me daban unos nervios, no tenía costumbre de hablar de mí. Ahí que medio seco me salió contarle que no sabíamos bien por qué yo siempre estaba mal. Entonces rápido me preguntó: ¿Quiénes no saben? Le respondí, mi marido y yo. Seguido me dijo que si no sabía yo menos iba a saber mi marido, que estaba afuera. Yo no le entendí. ¿Afuera de dónde si había ido sola? Ahí mismo me preguntó qué pensaba yo y le dije no sé, para eso había ido, para que él supiera, detectara algo, alguna cuestión, qué sé yo. No voy a ir si es que sé, voy porque no sé. Entonces me habló mal, porque me dijo ¿usted piensa? Como si yo fuera tarada. Sin pensarlo, le respondí sí, no vaya a ser que se creyera que no me daba la cabeza. Sin conformarse me volvió a preguntar ¿y usted qué piensa cuando piensa? Un sanguinario. Me sentí acorralada y le dije que de todo. Después se quedó callado, como esperando algo. También me callé, hasta que me animé y pude decir en la soledad y me largué a llorar, sin conseguir repararme ni por un momento. Se compadeció de mí: me dio un vaso de agua y un pañuelo. Cuando pude estar más tranquila me hizo mirar unas manchas. Le tenía que contar qué veía y yo veía manchas de humedad, como las del comedor de la casa. Sea más creativa, me pidió, y yo fui más creativa pero solamente veía: o nubes de la oleaginosa donde trabajaba mi marido; o nubes del cigarrillo de mi papá Tito. Con eso tampoco le alcanzó porque insistió: un esfuercito, Elena. Ahí pude un poco más y vi cosas de bebés: carritos, cunas, mamaderas.

No quise volver, no me pareció que me ayudara porque salí peor: no me volví a casa porque no quería que mi marido me viera más triste, iba a decir que tiramos la plata a la basura. Entonces me fui a mirar vidrieras por el centro y vi un cartelito en un negocio de carteras, que buscaban chica para la venta. No sé qué se me cruzó por la cabeza porque entré y dije que yo buscaba trabajo. Me hicieron pasar atrás del mostrador donde había una oficina y conversé con la dueña misma. Hablamos bastante, tanto que hasta hice algo de lo que hoy todavía me arrepiento: mentí que no tenía hijos y que era soltera. Le caí muy bien a la mujer porque de golpe yo me transformé espléndida y simpática, como por arte de magia, pero no estaba pensando bien. Le dejé el teléfono de mi vecina y quedó en llamarme. Después paseé un poco más, me tomé un café con dos medialunas en una confitería y me volví a casa porque sentí que extrañaba a mis hijos y que capaz mientras yo estaba por ahí en la pavada, les pasaba algo malo y quién me lo iba a perdonar. A la semana me enteré de que estaba embarazada de nuevo. Ahí entendí por qué veía todas esas cosas de bebés en el chiflólogo: tuve una videncia. Ese mismo día me llamó la dueña del local. Apenas levanté el tubo y dije hola la escuché decir: Elena, entrevisté a otras y fuiste la mejor. Rápido le mandé: acá no vive, y colgué el teléfono.

ISMAEL SALIÓ A CAZAR. Anduvo tres días en el monte. Trajo de todo un poco, pero nada importante: codornices, un ñandú, liebres y un peludo. Todos muertos menos el peludo que lo agarró con los perros. Ya encontraría la mejor manera. Mientras, lo metió en un tambor de doscientos litros. Varias veces al día, la Meli trepaba a una silla para espiarlo adentro del tambor oscuro. Siempre lo mismo: el pequeño animal sin moverse y con la cara pegada a la pared de metal. Sería el miedo. Era feo, oloroso y sucio de tierra del monte. La tierra seca que se le habría pegado armando cuevas. Cada vez que se asomaba Elena repetía ¡Qué asco! ¿Para qué me trajo ese bicho? ¡Qué asco!

Quería consolarla, pero más misterio le hacía la pequeña bestia. Le tiraba piedras livianas sobre el lomo, cosa que no lastime pero que despierte. Al sentir el rebote, el peludo apenas se movía y volvía apoyar la cara contra la pared del tambor. Lo mismo que nada. Sería que ya investigada su jaula, entendería que solo le quedaba acorazarse y esperar. Además de eso, los bichos como este nomás saben hacer pozos. En el metal eso era imposible y su único talento disponible era cerrar su cáscara. Y es que ni siquiera nace con buenos dientes para defenderse. Por eso, cuando lo encuentra un cazador, único le queda escapar.

Y si no logra, le queda rogar que la dureza de su caparazón resista y el ataque pase. Pobre bestia hermosa. Cuánta duda le hacía a la Meli, la fealdad que le acusaba Elena. El olor era cierto, pero qué iba a oler a flores si le tenían cuántos días ya entre restos de comida, que el peludo no se movía a tocar. Sobre su fealdad no comprendía: más su madre le acusaba de asqueroso, más rato se quedaba colgada del tambor mirándole. No estaba confundida, intentaba comprender.

Pasó sol, pasó luna varias veces por ese lugarcito de cielo que la boca redonda del tambor dejaba para el animal. Los hermanos llegaron de la escuela y un olor extraño inundaba la casa. El peludo estaba con el hueso lampiño sobre la mesa. Lo habían hervido. Ni uno de los pelos que le daban nombre le habían dejado. Desde que el perro puso exacta su mandíbula sobre su lomo conocían la olla de la cocina en la que entraría. ¿Será que de haber olido mejor lo hubieran bajado de la mesada, devuelto al campo, soltado una noche más sobre la tierra seca, bajo el telón azul de la noche? ¿Si hubiera sido más bello lo habrían dejado regresar a sus crías —si es que las tenía—, saborear huevos con su encía débil, cavar la tierra con sus uñas, caminar suelto? Que ande por el monte hasta morir de viejo. ¿De qué se trataba eso que el animal hubiese podido hacer para salvarse? Para ser perdonado. ¿Oler mejor, ser más hermoso? Algo para despertar al menos la ternura suficiente que tentara una caricia. Aunque no se la dieran, que al menos la tentara. Ni un nombre.

Se enojaba Elena con él por ser lo que era: pequeña bestia miedosa que sumía la cara contra la pared del hueco de lata en el que lo habían puesto. La Meli no comprendió la fealdad, pero sí otra cosa: al menos este animal hizo mérito con su muerte; alivió a la madre de las quejas sobre el asco que el olor y la apariencia le despertaban. También las conductas que le salían. Entendió la Meli que la familia toda sintió alivio, cuando notaron que los malestares y las necesidades se habían consumido en el bicho que ahora se llevaban a la boca. Al menos por un tiempo alguien había pagado. Un tiempo, un almuerzo. Gracias animal maravilloso, oró la Meli en el corazón de sus pensamientos.

Ismael bromeaba, con el caparazón le vamos a hacer un casco a tu hermano.

MEJOR NO QUIERO CONTAR de cuando me despidieron. Prefiero contar sobre mi oficio, que gracias a Dios me dio oportunidad de conocer otros lugares, tener amigos, la casa y el coche, y también mi esposa y mis hijos. El despido me dio permiso para descansar un poco de hacer fuerza. Cansado ya me sentía, reconozco. Por eso, cuando me despidieron pensé que sería obra de Dios, que me habría escuchado alguna de las veces que bajé a la fosa, pensé me siento cansado, y oré: dame fuerza. Y Dios me dio un cambio para mi vida que al principio me costó agradecer.

Porque yo esperaba una bocanada de aire de renovación, ríos de agua viva que corrieran dentro de mi ser o encontrarme un maletín con dinero como una vez escuché de un testimonio en una campaña; pero, en vez de eso, me echaron. Después comprendí que Dios estaba renovando su pacto de amor conmigo y dándome una vida nueva de verdad. El hombre me cerraba las puertas y Dios me abría una ventana por donde saltar. Pero tuve que hablarme todos los días, como solía hablarle a mi mujer y como Jesús habló a la viuda, y decirme a mí mismo dejá de llorar, vas a volver a sonreír.

Primeramente mi oficio comenzó cuando yo estaba por hacer ocho o diez años. Ahí mi papá era cuidador de una casa quinta, chalet, que le decíamos. Él hacía la mantención de mantener el jardín. Cortaba el césped, el cerco, podaba los árboles y plantaba flores. Yo lo acompañaba, cortaba el pasto también, regaba y lo ayudaba. A la vuelta de nuestra casa, en Moreno, había otra casa quinta que era de un hombre, que era un matrimonio. Él se llamaba Adolfo y llegó a ser mi padrino de confirmación. Ahí yo cortaba el pasto, hacía los canteros, podaba las plantas y, cuando Adolfo venía los fines de semana porque él vivía en la capital, le lavaba el auto y me pagaba.

Ya cuando tenía quince años mi tío me llevó a trabajar a una fábrica de repostería, donde hacían palmeritas, cañoncitos, alfajores de maizena y alfajores de chocolate. Todo lo rico, digamos. Pan dulce también, en época de fiestas. Mi tarea era limpiar las latas donde se ponía la mercadería que se hacía para cocinarla. Se les pasaba manteca y después se les echaba harina. Eso a algunas y a otras se les cocinaba con la manteca misma directo.

Después me fueron enseñando a cocinar. De lo que quedaba viejo para vender, me daban para llevar a mi casa. Volvía de trabajar con cosas ricas y se las daba a mi mamá. Ahí habré trabajado hasta los diecisiete años.

Hice dieciocho años y todavía era menor, porque antes te hacías mayor a los veintiuno. Fue entonces que entré a trabajar en una fábrica química, a una cuadra y media de mi casa. Ahí también entré como ayudante. Llegaban camiones con bicarbonato y soda cáustica, que descargábamos y guardábamos en un galpón. El camión traería unas mil bolsas, que después volvíamos a subir a camionetas que las distribuían. Toda esa mercadería era para revender, pero a su vez se usaba en la misma fábrica donde se hacía detergente, champú y la crema de enjuague. También se preparaba el ácido para una curtiembre, adonde se usaba para darle un tratamiento al cuero de vaca.

Ese ácido, que precisaba la curtiembre, nosotros lo vendíamos. También vendíamos otros ácidos a los talleres mecánicos para lavar los motores. Aunque empecé con la descarga y carga de la mercadería, después aprendí poco a poco a preparar el champú, a preparar la crema de enjuague, a preparar el detergente. Poco a poco aprendí eso también.

Hubo un momento en que mi papá se quedó sin trabajo y se fue al campo. Él se fue primero y después me fui con él. Trabajé haciendo la jardinería, que ya sabía, pero también haciendo la yerra y el capado, que no sabía. Haciendo fue que supe. Anduve a caballo, sobre un caballo de nombre Alacín, color castaño. Hubo una oportunidad de hacer inseminación a las vacas, pero estuve lento en agarrarlo y lo tomó otro muchacho de mi misma edad. Esa oportunidad me la perdí. Vivimos un tiempo en ese lugar hasta que nos volvimos a Buenos Aires, Moreno, Las Catonas. Ese campo se llamaba Teodelina y quedaba en Santa Fe. Santa Fe es un lugar verde, húmedo, casi sin viento y lleno de pájaros. Al ser tan verde, cuando el sol pica fuerte hasta flecharte, los rojos se ven más rojos todavía. Digamos que Alacín que era castaño se veía casi colorado, entre los verdes brillantes casi manzana. Esos verdes mosquito, digo yo, porque de verlos de lejos nomás ya te anticipan las nubes de mosquitos que acarrean.

Cuando volvimos para Moreno, mi papá me consiguió un trabajo de vigilancia en una usina. Pero un vecino, que era de nombre Sánchez, le dijo cómo lo vas a tener ahí a tu hijo, por qué no agarrás me dejás que lo lleve a trabajar conmigo que le voy a enseñar un oficio. Y fue ese vecino el primero que me mostró lo que era el montaje. El montaje son obras que instalan las empresas en diferentes fábricas: mataderos, de aceite, de maní, de gas y de cañerías. Y mismas como esas, otras muchas. Entonces fue así: Sánchez le propuso a mi papá; mi papá respondió que sí; y Sánchez me llevó a trabajar con él.

Fuimos con Sánchez a un frigorífico. Tuve tres meses trabajando ahí. A Sánchez le decían el Pastor, pero pastor no era. Lo que sí era un hombre joven, fuerte y grandote. Hice los tres meses y le dije gano muy poco, me voy y me busco otra cosa. Entonces Sánchez me aconsejó fijate que te conviene aprender bien el oficio. En tres meses, yo no había aprendido muy mucho que digamos. Ahí me explicó que si aprendía bien la empresa de montaje me iba a llevar a trabajar afuera, pagarme los pasajes y ¡hasta el hotel! Y me entusiasmó y me quedé con el pastor Sánchez. Al primer lugar que salí con la empresa de montaje fue a Córdoba, en General Deheza, a una planta de maní. Ahí aprendí a soldar, aprendí a cortar con la autógena, aprendí a alinear, aprendí a hacer bases donde iban los reductores con los motores y aprendí también a montar las norias. Montaje se dice porque se montan las máquinas. Noria es una cinta de goma, adonde lleva unos baldes, adonde esos baldes van pasando por un lugar que va alzando el material. Uno dice material como si fuera concreto, pero puede ser maní o girasol. Lo levanta y lo tira para otro lado, cae en otro transporte y ese transporte lo traslada a otros lugares. Ahí aprendí a hacer cañerías y trabajar la chapa. A soldar chapa que no es lo mismo que soldar hierro o soldar estructura. Aprendí un poco de trazado y todo lo que era el oficio del montaje.

Cuando llegamos a Deheza, nos llevaron a una habitación grande donde vivíamos todos juntos. Digo llevaron porque estábamos con otros muchachos más, de mi misma edad. Sánchez se quedó en Moreno. Yo estaba dado por enterado que él no iba para Deheza desde antes de viajar y me entristeció, porque hasta ahí habíamos andado juntos. Me pregunté por qué él no iba y no entendí, porque Sánchez sabía mucho y era trabajador. Entonces el día que me iba para Deheza, después de preparar mi bolso, salí por la cuadra con intención de verlo y me lo crucé comprando cigarrillos. Ahí que le pregunté: ¿Por qué no vas? Y él me respondió porque no voy. Me respondió con misterio, demasiado para mi gusto, porque quedé con la pregunta dentro dando vueltas como perro sin dueño. Llegué a una respuesta una noche en Deheza, viendo la muchachada alistándose para salir. Los vi a todos muy parecidos, misma edad, misma moda, misma marca de cigarros y me acordé del Sánchez. Pude comparar y entendí: a un viejo de cuarenta y cinco años, tampoco mucho muy viejo, ya no lo toman más en el montaje. Y si lo toman, lo toman muy poco. Pero como yo tendría unos veinte no sentí el pesar que merecía semejante verdad. Fueron muchos años para el frente los que tuvieron que pasar y que me echaran de la oleaginosa, para que me recuerde del Sánchez comprando los cigarrillos. Me recordé de él y entendí algo del tiempo andando nomás, sencillo. Cuando comprendí esto, del tiempo andando, supe que debía asegurarme el trabajo. El trabajo asegurado me aseguraría otras cosas. Para eso, aproveché la oportunidad que Dios me daba con el despido, y pude invertir todos mis ahorros, más la indemnización, más el coche de la casa, en un legajo de taxi.

Mi mujer no comprendió, me tiró la bronca porque me la traje de Buenos Aires casada conmigo y siempre anduvo con ganas de que la devuelva. Entonces, cuando me despidieron de la fábrica, ella primero lloró y no pude hacer nada, solamente abrazarla hasta que paró. Y cuando paró, comenzó con que esa era nuestra oportunidad para cargar todo y salir de esa ciudad. Salir más bien de una ciudad que nunca fue amable con ella, que tenía otra costumbre. Costumbre de que la saluden los vecinos, de que los vecinos fueran todos medios parientes de ella y de que tomaran mate en la vereda. También tenía costumbre de que las noches tuvieran una brisa húmeda, donde se levantara olor de tierra mojada, porque su mamá regaba las plantas mientras se tomaba un vino tinto. Tenía la costumbre de los primos y de la mamá, digamos. Tenía costumbre de eso y no de todos los hijos nuestros, que bastante indios nos habían salido. Tampoco de mí y del viento, que se da vuelta como el peor traidor. Levanta la tierra, que de tan seca parece cal, y la usa para picarte la cara hasta que aprendés a hablar con las palabras rayadas entre los dientes. ¿Que si le entendí a mi mujer alguna vez? Le entendí a mi mujer alguna vez, pero también entendí esto que digo del tiempo andando. No solo entendí, pude verlo y sentí temor, reconozco. Y hubiese querido hacer las dos cosas, asegurar el trabajo y darle otro lugar donde vivir a ella, con más primos, más madres y menos viento, pero con lo que tenía apenas me alcanzó para lo primero.

Pero bueno, el montaje me llevó primeramente a Deheza. La empresa nos daba para dormir compartido con otros muchachos. Un cocinero que cocinaba con su mujer, pero aparte ella se ganaba la extra lavándonos la ropa y las sábanas, que le pagábamos por cuenta nuestra. Cuando terminó esa obra, me volví a la casa de mis padres.

Trabajar en el montaje era estar tres o cuatro meses afuera. Volver cuando terminaba la obra a mi casa y estar con mis padres, hasta que salía otro trabajo que la empresa tuviera. Así fue que me vine a esta ciudad por primera vez, a montar los caños telescópicos del puerto para la oleaginosa. Los caños telescópicos eran unos caños que, cuando llegaba un barco y estacionaba en el muelle, se bajaban por medio de cables y se descargaba a las bóvedas lo que hubiera para descargar. Ahí aprendí a hacer señas, lingar y enganchar los motores, cabezales de noria o transporte de cereal con la grúa. Cuando terminé la obra de los caños telescópicos me llevaron a Necochea a hacer el mismo montaje. Hicimos una sección nueva de la fábrica. Montamos todo lo que era silo, cañerías y bombas de aceite. Estuvimos un tiempo largo. Alquilé compartido un departamento con otros compañeros. Con lo que nos ahorrábamos salíamos a bailar, a comer y nos poníamos de novios, porque éramos como marineros, en cada puerto una novia. Además que estábamos junto al mar.

Después me volví a la casa de Moreno, trabajé un tiempo que habrá sido muy poco, un mes habrá sido, en la fábrica de autos. Hice montaje de cabinas de pintura y cabinas de armado de motores. La empresa daba esos trabajos cortos para conservarte, si eras bueno y trabajador, hasta que salían trabajos más largos. Después me fui para Puerto Deseado. Hice revestimiento de cámara de frío para una pesquera, revistiendo las cañerías con telgopor y venda en los barcos.

Puerto Deseado era muy lindo, el mismo nombre te lo dice. Me gustaba cuando estaba subido a los buques, salir de las cámaras para subir a la proa, a la popa o por los costados, para mirar el mar, azul y helado hasta el fondo. Quién no te decía, hasta podías ver uno de esos bichos grandes y enormes del océano. Mirarlo y pensar qué ganas de entrar ahí, hundirme con él hasta el fondo, sacar un pescado con el cuchillo que guardaba en mis botas de goma. Pero sabía que era una ilusión porque es un azul más bien oscuro, que aunque haga sol muestra el frío de su agua. Estas son ilusiones del paisaje. Lo mismo cuando voy en el coche, veo los yuyos o las plantaciones al costado de la ruta, lejanas sobre la sierra, y pienso qué ganas de caminar, echarme una siesta allá, debajo de ese árbol; pero conozco que si empiezo a entrar por ese campo es para quedar lleno de rosetas, ser picado por cualquier bicho y pasarla mal. Es que Dios es misterioso y su creación también.

Las ilusiones del paisaje son las mismas que las de las fotos. Tengo una que estamos con el Castro, el Ricardo y el Pájaro. Juntos en la sala de máquinas. Cada uno levanta su herramienta, menos el Ricardo que levanta el mate. Un mate chiquito y de metal. Miro la foto y me recuerdo del perfume del aceite fabril, la altura del silo, el viento en la cara y quiero entrar, tomarme un mate, cambiar una esclusa dañada por una buena. Bajarla con aparejos, hacer fuerza con las manos. Que suene el teléfono interno de la fábrica, que sea el guardia de entrada que avisa que mis hijos me han traído pastafrola. Veo la foto y me olvido que la fábrica tenía sus rosetas y sus bichos, la oscuridad de la fosa, mi hernia de disco. Que me despidieron y que al salir el guardia me dijo chau, Ismaelcito, y cerró el portón de la oleaginosa atrás mío. Golpeó fuerte contra su marco y sonó como una guillotina diciendo andate y ya no vuelvas. Me largaron al mundo sin reconocer que yo no sabía de otra cosa. Pero peor todavía, sin aceptar que después de tanto trabajo, tanta piel quemada y dedo perdido; de tantas veces quedar feo delante de mi mujer y llegar tarde al nacimiento de mis hijos, la fábrica era también un poco mía.

Habré estado en Puerto Deseado unos meses, me volví a Moreno, descansé y pasé unos días con mi papá y mi mamá, hasta que me salió venir acá. Hice montajes hasta que la empresa se volvió y me quedé sin trabajo. Como ya estaba alquilando, trabajé un tiempo en otras cosas, hasta que la oleaginosa me llamó y me tomó efectivo. Entré a la sección de extracción por solvente, pero como me gustaba el mantenimiento y estaba acostumbrado a las máquinas, pedí por favor y me pasaron de función. Ahí me quedé hasta cuando me despidieron. Pero antes de ese momento pasaron otros y tuve oportunidad de conocer el movimiento de toda la fábrica. Gracias Señor, porque tú me has rescatado de lo vil y lo menospreciado. Me has dado conocimientos que antes no tenía: pude aprender un oficio y conocer varios lugares. Me has permitido formar una familia. Sacaste la ceguera de mis ojos y me invitaste a una vida mejor. Pude conocer paisajes. Perdóname, en el nombre de Jesús, por mis pecados que son muchos. Todavía sigo aprendiendo, pero tú conoces el deseo de mi corazón. Yo, Ismael Armando, elijo tus caminos desde el momento en que nos rodeaste con tu presencia y pusiste coronas sobre nuestras cabezas. Ayúdame a ser un buen esposo, un buen padre y un buen trabajador. Encomiendo a ti nuestro existir. El mío y el de mi familia. Nunca estaremos solos mientras permanezcamos aferrados a tu Palabra. Confiamos en tu amor y en tus promesas que son muchas. Haznos mejores. Devuélvenos la ilusión. Muéstrame cómo seguir. Amén.

AL MENOS POR UN TIEMPO. Después conoció a Solange. Morocha y de pelo lacio, con algunas manchas blancas en el brazo por el sol. Vivía en un pasillo, a la vuelta de Gerónima, ahí que se veían en verano. Y por eso siempre remera, short y ojotas, también. Le llamaban Sole, pero la Meli no le decía; prefería el nombre completo si no se confundía con el nombre Soledad y el de ella era otro.

La última vez que la vio, había crecido. La Natalia, chica vecina, decía que seguro le habría venido o se la habrían pasado los chicos del barrio. Esa última vez, la Solange visitó apenas un rato por la casa de Gerónima. Solero sin breteles y pelo mojado, amarrado para atrás tirante y ajustado con un chuflín. Se le sentía el perfume de la crema de enjuague de manzana. Hermoso. Ojotas, en eso reconocible. Le preguntó a la Meli si le gustaba alguien y pensó de vos, pero mintió un chico de mi iglesia. Se tomó todo el jugo que Gerónima le había servido y dijo que se tenía que ir. La Meli pensó quedate un poco más, pero andá contestó.

La miró irse sobre su pisar balanzante de ojota sobre vereda rota. Piel morena brillante al sol y una línea, sería de calor o de agua de ducha, que bajaba por la espalda desde el rodete tirante hasta meterse en el vestido. Cuando casi llegaba a la esquina, la Meli corrió, como si llevara entre los pies la pelota y la cancha inclinara a su favor. La alcanzó y un beso, justo acá. Ni fu ni fa el beso, pero Solange sonrió: ya sabía.

Volvió a su casa con miedo y con esperanza de que Solange contara, pero no contó. Se tiró en la cama, bajo las manchas de humedad que dibujaban nubes de cielo abierto en el techo. Cerró los ojos: un terreno, descampado abierto, se desplegaba abrigado por el sol caliente. El viento frío y la pelota. El puño del buzo masticado entre sus dientes a la espera de un pase. Recordó el peludo amedrentado contra la pared del tambor. ¿Esperando qué?

Después llegó la Natalia, que la Sole estaba muy puta, que había ido al paso nivel a transar con los pibes. Pensó qué suerte los pibes, pero sí, concilió, se hace la canchera.

Cuando quedé embarazada del tercero no es que no quisiera tenerlo, es que me sentía sola. Querer quise a todos mis hijos y no me arrepiento de ninguno. Lo que pasa es que no me llevaba bien con mi marido y los hijos empeoran las cosas cuando es así: lloran y ponen a todo el mundo nervioso; son un gasto y se enferman. Y es cierto que unen más a la pareja, pero no como un moño bien hecho, más bien como una cadena gruesa. No se trata del amor.

Me cuidaba, no es que fui tarada como se habrán pensado algunos, pero me cuidé como se hacía en ese entonces, que no servía. Lo primero que hice cuando me enteré fue contarle a mi vecina, la que me prestaba el teléfono. Cuando hablé con ella de lo que me pasaba, me dio el número de un hombre que te lo sacaba. No necesité contarle tanto para que me saliera con una cosa así, si siempre me veía andar sola con los chicos y algo también escucharía, porque vivía próxima y las paredes oyen. Le conté a mi marido y no quiso, así que yo me hice la que era cosa de ella, no vaya a ser que se ponga mal conmigo. Igual es cierto que no era una cosa que nació de mí, porque yo no dije en ningún momento que no quería, solamente le conté que me sentía sola, que extrañaba a mi mamá en Buenos Aires, que ya tenía mucho con los otros dos y que no me llevaba bien con mi marido; de ahí a pensar que me lo quería sacar es cosa de ella. Yo le quería poner Soledad, porque mis sentimientos. El segundo nombre lo había leído en una bolsa de zapatos y me había parecido lindo. El día del parto estaba sola, así que cuando rompí bolsa dejé a los otros dos con mi vecina, le pedí que avise a mi mamá y me fui en un taxi a la maternidad. Hasta que mi marido llegó ya había pasado todo; la bebé había nacido y a mí se me había muerto un ojo: un golpe de presión me sacó la vista de este, el izquierdo. Aunque viajé a Buenos Aires no me lo pudieron salvar. Fue triste, no solo por la visión sino porque dejé de tener dos ojos lindos para delinearlos y curvarles las pestañas. Además si llegaba a querer buscar trabajo, quién me iba a tomar así, fiera como ninguna. Un día en una iglesia, cuando conté por qué tenía ese ojo ciego, me dijeron que era algo de Dios, que seguramente cambié mi ojo por que todo estuviera bien con mi hija. Voy a ser sincera: un poco me lo creí, porque una quisiera que todo lo malo que le pasó sirviera de algo. Pero ahora me demuestro que eso era un invento: las cosas simplemente han pasado. Si no ¿cómo a la Meli le pasó lo de la rama?, si yo pagué su bienestar sacrificando un ojo. ¿O será que si no se le cortaba la rama yo recuperaba mi ojo? Además lo cierto es que del parto las dos salimos malheridas: yo quedé medio ciega y ella con un soplo en el corazón. Si era cuestión de trueques, yo con mi ojo pagué el bienestar de mi hija, pero ¿ella qué pagó por mí con el malestar de su corazón? Me enredo.

Lo que sí capaz algo de propósito tuvo, porque por esa desgracia pude quedarme como tres semanas donde mi mamá y descansar un poco. Ahí que cuando mi marido llamó para mí y dijo que había anotado al bebé solo con el nombre Melisa, me dio lo mismo. Lo que sí, me costó acostumbrarme a este nombre, porque hasta el momento en que me llamó, yo había estado dele Soledad de acá, Soledad de allá. Incluso antes de que naciera, si pateaba mucho le mandaba ¡Quieta, Soledad! Y ella se quedaba. También a todos los que me preguntaban cómo se llamaba les decía Soledad. Y la verdad que hasta muchos meses después de que ya la habíamos anotado como solamente Melisa, la seguía llamando así.

Para ser sincera, como ella se la pasaba llorando como un chancho, la soledad misma parecía. Entonces un día se me escapó en voz alta y dije se la pasa llorando como la soledad misma. Mi marido se enojó conmigo, golpeó la mesa y me mandó ¡Decile bien! Yo entonces me retobé, me la llevé afuera y la dejé en el carrito abajo de un árbol para que se dejara de llorar. Desde ese día comencé a decirle bien pero también comencé a sacarla abajo de ese árbol para que sola se le fuera la maña. Pensamos que funcionó porque era, de mis hijos todos la menos maricona. Pero ahora que se hizo este daño, con la rama del mismo árbol donde la acostaba para que me dejara un poco tranquila, me acuesto todas las noches en la cama boca arriba sin poder pegar un ojo y me recuerdo del nombre que le puse y mi marido que se lo sacó; y me pregunto si tanto que insistí con esa palabra la habré contagiado de algo. Miro las manchas de humedad de la pieza y pienso: ¿Para qué le dije?

No me voy a desmentir toda, porque sí es cierto que la sacaba y la dejaba ahí sola, abajo del árbol a grito pelado, hasta que se cansaba y se amansaba. Pero ahora que me recuerdo mejor, apenas la vecina llamó a mi mamá avisando que yo estaba camino para la maternidad, mi mamá se tomó un taxi a la estación para viajar hasta acá. No tenían ni un pasaje, porque la Meli nació un Jueves Santo y con el feriado estaba todo completo. Entonces mi mamá, siempre más viva que el diablo, le dio un dinero al guarda del tren para que la dejara subir sin boleto. Viajó pululando de asiento en asiento, según se desocupaban, y hasta un poco de pie también. A la mañana ya estaba en la maternidad. Entonces ella se encargó de hacer de árbol donde dejar a la bebé para que consiguiera un poco de paz que, por el soplo en el corazón decían los médicos, no la encontraba. También pudo haber sido reflujo, pienso hoy. Después nos fuimos las dos con ella a Buenos Aires a tratar mi ojo y estuvimos casi un mes.

Cuando volvimos, mi mamá Gerónima viajó con nosotras y como se daba cuenta que me costaba, la agarraba a la nena e intentaba hacerla dormir, pero no había caso. ¡De no creer tanto llanto! Hasta que llegaba mi marido de la oleaginosa y se encontraba con mi mamá intentándolo y yo dada por vencida, llorando también. Los otros hijos míos ya dormidos. Entonces él le pedía deme doña, y le hacía de árbol. Se la llevaba al fondo en brazos, y vaya una a saber qué le diría, pero se veía por la ventana cómo le hablaba. Qué le diría. Cuestión que entraba, me la devolvía dormida y podíamos descansar.

De dónde viene la costumbre se terminó de imprimir y encuadernar el 30 de agosto de 2025, 168 años después de la inauguración de la primera línea ferroviaria de Argentina, que cubría el trayecto entre Buenos Aires y Floresta. Desde entonces, miles de chicos del interior del país, cerca de las vías, juegan a que el tren se los lleva a otra parte.